迷子になっていた
幼女を助けたら、
お隣に住む美少女留学生が
家に遊びに来るようになった件について
2
著――ネコクロ
画――緑川葉

CONTENTS

NEKOKURO PRESENTS

ARTWORK BY

MIDORIKAWA YOH

青柳明人《あおやぎあきひと》
エマ
『ロッティーも、たべる。あ〜ん』
『ありがとう、エマ』
エマちゃんは俺の手からスプーンをとり、皿の上に置いているプリンを掬う。そしてシャーロットさんに、差し出した。
シャーロット

どうしようか困っていると、
目の前に座っている女の子――
清水有紗さんが、
救いの手を伸ばしてくれた。
清水有紗《しみずありさ》
「ねえ、青柳君。誰か他の女の子に
席を換わってもらう？
男子一人だと居づらいよね？」
「えっ、あっ、その……」
東雲さんは俺に声をかけられると
思っていなかったのか、
途端に挙動不審になってしまった。
東雲華凜《しののめかりん》

ダッシュエックス文庫

迷子になっていた幼女を助けたら、お隣に住む美少女留学生が家に遊びに来るようになった件について2

ネコクロ

青柳明人《あおやぎあきひと》

とある理由から、
完璧な人間になろうと努力している少年。
勉強・運動共に得意。
周囲のことを考えて行動する性格。

シャーロット・ベネット

高校二年生の夏に、
明人のクラスに転校してきた留学生。
明人と同じマンションの
隣の部屋に住んでいる。

CHARACTER

花澤美優《はなざわみゆ》

明人のクラスの担任教師。
さっぱりとした性格で、
生徒想いの美人教師。

エマ・ベネット

シャーロットの妹。
迷子になっていたのを
明人に助けられて以来、
明人にとても懐いている。

清水有紗《しみずありさ》

明人のクラスメイトで、
垢抜けた女の子。
明人に対して
何か思うところがあるようで……？

東雲華凜《しののめかりん》

明人のクラスメイトで、
引っ込み思案な女の子。
オッドアイで、ぬいぐるみが大好き。

NEKOKURO PRESENTS
ARTWORK BY
MIDORIKAWA YOH

クレア

エマちゃんと同じ保育園の女の子。
エマちゃんと親しくなる。

西園寺彰《さいおんじあきら》

明人の親友で、サッカーが得意。
クラスメイトから人気のある
賑やかな性格。

第一章「銀髪幼女、保育園に通う」

『――おにいちゃん、あ～ん』

膝の上に座る銀髪の幼女――エマちゃんは、かわいらしい笑みを浮かべながら、大きく口を開けた。

俺は卵焼きを箸《はし》で摘《つ》まみ、火傷《やけど》しないようにフーフーと息をかけて冷ましてから、エマちゃんの口へと卵焼きを運ぶ。

すると、エマちゃんはパクッと勢いよく口を閉じた。

そしてモグモグと口を動かし、嚙《か》み終えると、ゴクンッと満足そうに飲みこんだ。

『おいしい？』

『んっ……！』

感想を聞いてみると、エマちゃんは元気よく頷《うなず》いた。

率直《そっちょく》に、かわいすぎると思ってしまう。

どうしてエマちゃんが俺の膝の上で食べているのか――それは、エマちゃんとシャーロットさんの衝突以来、エマちゃんの要望で俺たちは一緒に食べるようになったからだ。

前の反省を活《い》かしているのか、今回シャーロットさんはエマちゃんの我儘《わがまま》をすんなり聞いて、俺にお願いをしてきた形になる。

当然、シャーロットさんと一緒にいられるのが嬉しい俺は断らず、この関係が出来上がっていた。

まぁさすがに、毎日朝晩――とは思わなかったけど……嬉しい誤算だ。

『おにいちゃん、あれたべたい』

シャーロットさんと一緒に食事ができるようになったことを喜んでいると、エマちゃんがクイクイッと俺の服を引っ張ってきた。

俺はエマちゃんの要望通り、今度はからあげを箸で摘まむ。

これは、シャーロットさんが俺のために作ってくれたものだ。

女子であるシャーロットさんと、男子である俺では好んで食べるものは違う、ということでいろいろと考えてくれているらしい。

それに、イギリス料理は今のところ出たことがなく、日本人が食べ慣れていそうなものばかりを作ってくれている。

きっと、それも日本人である俺への気遣いだろう。

本当に、彼女は優しい女の子だ。

——ちなみに、エマちゃんもこういった、からあげをはじめとした揚げものが大好きだったりする。

今まではあまり食べる機会がなかったようだけど、俺がいればシャーロットさんが作ってくれるから、エマちゃんも喜んでいるようだ。

『ちょっと待ってね』

俺はエマちゃんの口に入れる前に、箸でからあげを半分に切った。

そして熱を外に逃がしながら、フーフーと息をかけてエマちゃんの口に入れる。

すると、からあげを飲み込んだエマちゃんは、また満足そうに笑みを浮かべた。

俺はそんな感じで、エマちゃんにご飯を食べさせていく。

やがて——。

『えへへ』

もうお腹がいっぱいになったのか、エマちゃんは俺のほうを振り返ると、フニャァと頰《ほお》を崩して、抱きついてきた。

そして、頰を俺の胸へと押し付けてくる。

俺はそんなエマちゃんの口をウェットティッシュで優しく拭いてあげ、その後、頭を優しく撫《な》でた。

それだけで、エマちゃんは嬉しそうにかわいらしい笑顔を向けてくれる。

『エマったら、本当に青柳《あおやぎ》君に甘えまくりですね』

エマちゃんの頭を撫でていると、目の前に座って俺たちを見つめていたシャーロットさんが、優しい笑みを浮かべて話しかけてきた。

まるで、母親のような表情だな、と思いつつも俺は口に出さない。

『そうだね、本当にかわいい子だよ』

『ですね』

『『…………』』

俺たちは、思わず二人して黙り込んでしまう。

シャーロットさんにキスをされて以来、こんな感じで会話が途切れることが多くなった。

何か話そうにも、顔を見ると、あの時のキスの光景が脳裏《のうり》を過《よぎ》ってしまうのだ。

シャーロットさんも同じなのか、はにかんだ笑みを浮かべながら、居心地悪そうにソワソワとしていた。

『そ、そういえば、明日からエマちゃんも保育園に通うんだよね？』

若干《じゃっかん》気まずい雰囲気《ふんいき》になりそうだったので、俺は話題を咄嗟《とっさ》に考えて、エマちゃんのことを持ち出した。

すると、反応するかと思ったエマちゃんが、おとなしいことに気が付く。

見れば、俺の腕の中でウトウトとしていた。

どうやらお腹がいっぱいになって眠たくなったようだ。

俺はエマちゃんの体を傾け、右半身を下になるようにして寝かせてみる。

この子は食べるとすぐに寝てしまうことが多いため、体に悪くないよういろいろと調べてみたところ、この姿勢なら体にいいということがわかったのだ。

「はい、外国人の子専用の保育園がありまして、そこに通えるようになっています」

シャーロットさんは、横になって眠り始めたエマちゃんを優しく見つめながら、嬉しそうに日本語で答えてくれた。

やはり幼いということもあり、エマちゃんが見た目や日本語を話せないことで、他の子たちに何かされることを懸念《けねん》していたのだろう。

その点、外国人の子専用の保育園なら安心できる、と思ったようだ。

「そうだ。エマちゃんが保育園に通えるようになるわけだし、明後日から始まるテストが終わったら、先延ばしにしていたシャーロットさんの歓迎会をやろうよ」

保育園ならば、あまり遅くならない限り預かっていてくれる。

それなら、シャーロットさんも安心して参加できるんじゃないだろうか。

そう思ったのだけど――。

「難しい、と思います……」

シャーロットさんは、暗い表情を浮かべた。

「どうして？」

「青柳君もご存じの通り、エマは気難しい子なので……。イギリスでも、なかなか保育園に馴《な》染《じ》めなかったので、今回もおそらく……」

「なかなか馴染めないだろうから、長時間預けるのは難しい？」

「はい……。エマに、あまり負担をかけたくはないですし……」

やはり、シャーロットさんは自分のことよりも、エマちゃんのことのほうが優先のようだ。

シャーロットさんの言っていることはわかるし、俺もエマちゃんに負担をかけたくはない。

だけど、あまりシャーロットさんが我慢するところも、見たくはなかった。

「とりあえず、エマちゃんが保育園に行ってどうだったか――を、様子見てみようよ。もしかしたら、こっちの保育園はエマちゃんに合ってるかもしれないし」

「そうですね……エマが楽しそうでしたら、お言葉に甘えさせて頂きます」

そう答えるシャーロットさんだったけど、笑顔は弱々しかった。

あまり期待はしていないようだ。

正直、俺はそこまで心配していない。

シャーロットさんの言う通り、エマちゃんは気難しい子なのだろう。

しかし、俺とはすぐに仲良くなれた。

きっと、キッカケ一つでこの子は他の子と仲良くなれる子なんだ。

我《わ》が儘《まま》だけど頭はいいし、一応気を遣える子でもあるのだから。

「それじゃあ、彰《あきら》にそれとなく話しておくよ。もちろん、無理強《むりじ》いとかはしないように言っておくから」

「はい、いつもありがとうございます」

シャーロットさんはそう言って、かわいらしい笑みを浮かべた後、食器などの片付けを始めた。

そして片付けが終わると、寝ているエマちゃんを抱っこして部屋を出ていく。

最近は食事が終わると、シャーロットさんは帰っていくようになってしまった。

正直言えば残念ではあるけれど、今は微妙に気まずい距離感なので、有り難くもあった。

それに、おかげで勉強をする時間も十分とれている。

明後日からのテストも、いつも通り問題はないだろう。

「――あれ、おにぎり……?」

勉強の準備をしようとすると、机の上にラップで巻かれたおにぎりが三つと、手紙が置いてあった。

おにぎりを作った覚えはないから、シャーロットさんが用意してくれたようだけど……。

俺は、疑問に思いながら手紙を開いてみる。

すると――。

《いつもありがとうございます。あまり無理せずに、頑張ってください》

綺麗《きれい》な字で、優しい言葉が書かれていた。

「シャーロットさん、わざわざ夜食を用意してくれたのか……」

彼女の気遣いに、俺は胸が熱くなってしまう。

モチベーションもかなりアップした。

「うん、今日はいつもより頑張ろう」

シャーロットさんの夜食でやる気が出た俺は、日付が変わっても机に向かい続けたのだった。

◆

『――おにいちゃん、どぉ？』

翌日の朝、俺の部屋に天使が訪れた。

――というのは冗談で、保育園の制服に身を包むエマちゃんが、自身の服を見せつけるように両手を広げて首を傾《かし》げていた。

『か、かわいい……！』

あどけない笑顔と、幼い子のかわいさを強調する保育園の制服により、俺はそう言わずにいられなかった。

『えへへ』

かわいいと言われたのが嬉しかったのか、エマちゃんはかわいらしい笑い声を漏《も》らしながら、俺の足にしがみついてくる。

なんだろう、天使かな？

『よかったね、エマ』

エマちゃんの後ろでは、まるでお母さんのように優しい雰囲気を漂わせたシャーロットさんが、エマちゃんに微笑《ほほえ》みかけていた。

エマちゃんはシャーロットさんの顔を見上げ、満面の笑みを浮かべながらコクンと頷《うなず》く。

そして、今度は俺の顔を見上げて、両手を広げた。

『だっこ……！』

もはやエマちゃんの代名詞ともいえる抱っこ。

隙《すき》あらば抱っこを求めてくるくらいに、この子は抱っこが大好きだ。

『ちょっと待ってね』

俺は腰を屈め、ゆっくりとエマちゃんの体に両腕を回す。

腕でエマちゃんの体をしっかりと固定すると、そのまま抱きかかえた。

『んっ』

抱っこすると、エマちゃんは頬《ほお》を俺の頬へと押し付けてくる。

どうやら、最近はこれがお気に入りのようだ。

『なんだかこうしていると、青柳君はお父さんのようですね』

『えっ？』

『あっ……た、他意はないのですが、微笑ましく思えましたので……』

シャーロットさんの言葉に反応すると、シャーロットさんは口元に両手を添えながら、顔を赤くして目を逸《そ》らしてしまった。

『おにいちゃん、エマのパパだったの!?』

そんなシャーロットさんに見惚《みと》れていると、相変わらず自分の世界を展開する幼女が目を輝かし始めた。

この子、自分のお父さんがちゃんといるはずなのに、どうしてこんな勘違いをするのか……。

相変わらず、不思議な子だ。

『残念だけど、俺はエマちゃんのお父さんじゃないよ』

『ぶぅ……』

否定をすると、エマちゃんは頬を膨《ふく》らませて拗《す》ねてしまった。

若干《じゃっかん》、今までとは違った拗ね方だ。

『よしよし』

とりあえず、頭を撫《な》でて宥《なだ》めておく。

これだけで、エマちゃんの頬はたちまち緩《ゆる》み、ご機嫌となった。

『本当に、青柳君はエマの扱いがお上手《じょうず》ですよね……』

俺とエマちゃんのやりとりを見ていたシャーロットさんが、感心したように言ってきた。

俺が上手というよりも、エマちゃんが単純なだけな気がするけれど……感心されて、悪い気はしない。

『はは、ありがとう。それよりも、エマちゃんが保育園に行く気になっていてよかったよ』

日本に来てからは、お買い物の時以外はずっと家にこもっていたので、保育園に行くとなるとエマちゃんがぐずってしまう可能性も考えていた。

だけどこの様子を見るに、エマちゃんは保育園に行くのは嫌がってなさそうだ。

しかし――。

『これからが、大変なのだと思いますが……』

若干遠い目をして語る彼女の言葉に、俺は彼女が何を言いたいのか理解した。

シャーロットさんが言いたいのは、俺の家に行くから乗り気で来たけど、ここから保育園に行くとなると、ぐずる可能性があるということだ。

というか、この様子だとその可能性が高い、と見ていい。

『おにいちゃん、おなかすいた……』

先程からエマちゃんの話題をしているというのに、本人は興味がなさそうなのが凄《すご》い。

今は何よりもご飯がほしいようだ。

『そうだね。シャーロットさん、いつも悪いけどお願いできるかな？』

腕の中にいるエマちゃんが限界そうだったので、俺は朝ご飯をシャーロットさんにお願いする。

するとと、彼女ははにかんだ笑みを浮かべた。

『はい、少々お待ちください』

若干頬を赤く染めたシャーロットさんはそれだけ言うと、予《あらかじ》め入れてあった食材を俺の冷蔵庫から取り出し、洗い場で両手を丁寧《ていねい》に洗い始めた。

そして、朝ご飯の支度《したく》に掛かるのだが――俺は、そんな彼女の後ろ姿を見つめてしまう。

同じ学校の制服を着た美少女が、鼻歌を歌いながら俺の台所に立っている。

改めて思い直しても、未だに信じられない出来事だ。

最近は少しぎこちなさがあるけれど、それでもこのひとときはとても幸せに感じてしまう。

しかし――。

『おにいちゃん、あそぼ？』

いつまでも、シャーロットさんを見つめているわけにもいかない。

俺は、腕の中でかわいらしく小首を傾げるエマちゃんに、視線を移す。

『何をして遊びたい？』

『ん～？』

俺の質問に対し、エマちゃんは小首を傾げたまま考え始める。

そして、顔を俺の胸に押し付けてきた。

これは、なんの遊びだろう？

俺はエマちゃんが何を考えているのかを観察する。

すると、エマちゃんは俺の顔を見上げてきた。

『えへへ』

目が合っただけで、フニャァと頬を緩めるエマちゃん。

うん、相変わらずかわいすぎる。

どうやらエマちゃんは、遊ぶよりも甘えたいようだ。

だから俺は、優しくエマちゃんの頭を撫でる。

頭を撫でられるのが好きなエマちゃんは、気持ち良さそうに目を細めた。

まるで猫みたいな表情に癒《いや》されながら、俺はエマちゃんが寝てしまわないように気を付ける。

やがて、シャーロットさんの朝ご飯が出来上がった。

『――今日もおいしいよ』

俺はエマちゃんを食べさせた後、自分でも料理を食べてその感想を伝える。

すると、シャーロットさんはほんのりと頬を染め、照れたようにはにかんだ。

『青柳君にそう言って頂けると……嬉しいです』

それは社交辞令なのか、それとも本当に思ってくれているのか――。

おそらく、後者だろう。

今のシャーロットさんは頬を赤く染め、若干熱が入った瞳で俺のことを見つめてきていた。

それで発せられた言葉が、社交辞令かどうかだなんて――よほど鈍感ではない限り、わかるものだろう。

『えっと……いつも、ありがとうね』

『いえ、こちらがお願いさせて頂いていることですし……。こちらこそ、ありがとうございます……』

『『…………』』

俺たちはお互いお礼を言い合うと、二人とも黙り込んでしまう。

あのキス以来、本当にいつもこんな感じだ。

彼女と話したいと思うのに、二人きりの空間になると途端に意識してしまい、言葉がうまく出てこない。

エマちゃんを間に挟めば、結構普通に話せるんだけど――あれ？

そういえば、エマちゃん静かだな……。

ふと思うことがあった俺は、視線を自分の腕の中へと下ろす。

すると――。

『すぅ――すぅ――』

銀髪幼女が、かわいらしい寝息を立てていた。

『しまった……』

エマちゃんは食後になると、高確率で寝てしまうのに……目を離してしまった。

ウトウトしていても、話しかければ頑張って起きようとする子だけど、一旦寝てしまうと起こすのには苦労する。

結構、寝起きは機嫌が悪い子なのだ。

『ごめん、シャーロットさん』

エマちゃんが寝ないように気を付けないといけなかったのに、眠らせてしまったので俺はシャーロットさんに謝る。

しかし、シャーロットさんはゆっくりと首を左右に振った。

「いえ、青柳君のせいではありませんよ」

エマちゃんが眠ったからだろう。

彼女は日本語に切り替えて、優しい笑みを向けてくれた。

「でも、寝たら起こさないといけないから……」

「子育ては、そういうものですよ。幼い子は欲望に忠実ですし、仕方がないことなのです」

「だけど、起こさないとまずいよね？」

「それは……そうですね。このまま保育園に連れていくのは簡単ですが、そこで起こすと、パニックを起こしてしまうかもしれませんので……」

話に聞く限り、エマちゃんは慣れ親しんだ場所以外は苦手としているようだ。

初めて見る場所で目が覚めて、そのままわけもわからずに預けられてしまったら、それはパニックになるだろうな。

「俺が起こすよ」

とりあえず、寝かせてしまったのは俺なため、その責任を取ることにする。

「しかし……寝ているところを起こすと、いくら青柳君が相手でも……エマは、暴れると思いますので……」

「いいよ、それくらい。暴れるっていっても、幼い子の範疇《はんちゅう》だし」

……まぁ、本音を言えば、エマちゃんの場合結構手を焼くのだけど……。

前に謝るためのドミノを並べていた時なんて、倒すたびに大暴れして大変だったからな……。

だけど、自分のミスでシャーロットさんに迷惑をかけるよりは、断然マシだった。

『――エマちゃん、起きて。朝だよ』

一度起きているので投げかけている言葉は正しくないけれど、エマちゃんが起こされる時の慣れ親しんだ言葉で俺は呼び掛けてみる。

頬《ほお》を優しく叩き、外部からの刺激も与えてみた。

すると――。

『んっ……！』

エマちゃんは、目を開けないまま俺の指を摑《つか》んできた。

刺激を与えるのをやめろ、ということなのだろう。

見ずに摑んでくるなんて、幼いのに結構勘がいい。

「だめ、ですね……」

起きないアピールをする妹を前にし、シャーロットさんは困ったように笑う。

しかし、俺はまだ諦めるつもりはなかった。

俺はテーブルの上に置いていたスマホに手を伸ばし、操作を始める。

シャーロットさんは不思議そうに俺の顔を見つめてくるが、俺は言葉にするよりも行動するのが早いと思って答えなかった。

そして――。

《にゃ～。ふにゃ～》

スマホをエマちゃんの耳元に添えると、猫の鳴き声がスマホから流れ始めた。

「あっ、猫ちゃんの声……」

「えっ？」

「あれ……？　猫ちゃんの声、ですよね……？」

俺が驚いてシャーロットさんのほうを見ると、シャーロットさんはキョトンとした表情で見つめ返してきた。

「そうだけど……」

えっ、この音が聞こえてるの？

シャーロットさん、もしかして凄く耳がいい？

――どうして俺が驚いているのか。

それは、現在俺のスマホの音量は最小にしていたからだ。

エマちゃんがビックリしないように、段々と音を大きくしていくつもりだったのだが……正直、スマホを持つ俺でさえまだほとんど聞こえていない。

それなのに、少し離れた位置に座っているシャーロットさんに聞きとられるとは、思いもしなかった。

耳がここまでいい人に会ったのは、初めてだな。

とりあえず、このままだとシャーロットさんに変に思われそうなので、俺はゆっくりと音量を上げていった。

すると、エマちゃんのまぶたが次第に動き始める。

どうやら、少なからず効果はあるようだ。

俺は少し待ってみる。

すると、エマちゃんの目がゆっくりと開いた。

『ねこ、ちゃん……』

半開きとなった眼《まなこ》は朧気《おぼろげ》で、寝ぼけていることがよくわかる。

それでも、視線を彷徨《さまよ》わせていることから猫を探しているようだ。

『エマちゃん、起きた？』

『んっ……？』

声をかけてみると、焦点の定まっていない瞳が俺に向く。

『ねこちゃんは……？』

『猫ちゃんは、ここだよ』

俺は猫の鳴き声を発しているスマホを、エマちゃんへと見せる。

すると、エマちゃんはスマホへと手を伸ばしてきた。

猫がいると思って目を開けたのに、実は動画でした、とわかると怒る可能性を考慮《こうりょ》していたけど、それよりも猫の動画を見たいようだ。

だから、俺はエマちゃんへとスマホを渡した。

「凄いです、エマがこんなにも簡単に起きるなんて……。明日から、私もやります」

俺たちのやりとりを見届けていたシャーロットさんが、とても驚いたような表情をしてそう

呟《つぶや》いた。

毎朝どうしてるのかは知らないけれど、どうやら苦労しているようだ。

ただ――。

「多分、そう何度もは通じないよ」

今回は寝ている時に初めてだったのと、猫がいると思って目を開けてくれただけだ。

だけど、慣れてしまえば寝ている際の刺激にならないし、起こすための手段で猫は実際にいないと学習されてしまえば、目も開けなくなるだろう。

こんな手は、何度も通じるものじゃない。

「残念です……」

俺が口に出して説明しなくても、察しがいいシャーロットさんは俺の言いたいことに気が付いたようだ。

――と、こんなふうに二人だけで話してると、またエマちゃんが寝てしまうか……。

『エマちゃん、そろそろお外行こうか？』

このままだとまたエマちゃんが寝てしまうと思った俺は、眠たげな目で動画を見ているエマちゃんに声をかけた。

『おそと……？　どこいくの……？』

あれ？

エマちゃん、これから保育園に行くことすら認識してないのか？

エマちゃんの様子に疑問を覚えた俺は、シャーロットさんに視線を移してみる。

すると、彼女は仕方なさそうに笑いながら、ゆっくりと首を左右に振った。

どうやら、既に説明は済ませているようだ。

『保育園に行くんだよ』

『……おにいちゃんも、いっしょ……？』

眠たげな目で見上げてきているエマちゃんは、小首を傾《かし》げて尋ねてきた。

正直言えば、俺も付き添っていいのなら行きたい。

だけど、さすがに家族じゃない俺が保育園まで付き添うのは違うと思うし、途中まで一緒に行くだけにしたとしても、分かれ道でエマちゃんが駄々をこね始める可能性がある。

何より、シャーロットさんと一緒にいるところを見られると、噂《うわさ》になって彼女に迷惑をかけてしまうのだ。

だから、ここで答えないといけない言葉は決まっている。

『ごめんね、俺は一緒に行けないんだ』

『むぅ……』

俺が首を横に振ると、エマちゃんは不服そうに頬を膨《ふく》らませる。

そして、俺の手をペチペチと叩き始めた。

一緒に行きたい、と言ってるんだろう。

どうやら、目は覚めたようだ。

『エマ、私と一緒に行こうね』

『はぁ～い……』

シャーロットさんがエマちゃんの顔を覗《のぞ》き込むと、エマちゃんは渋々といった感じで頷いた。

前の一件以来、若干《じゃっかん》聞き分けがよくなっているようだ。

まぁ、まだ気分に左右されているところはあるけれど、寝起きでこれなら今後は期待できるかもしれない。

その後、俺はシャーロットさんたちが出た後、一人で学校へと向かうのだった。

◆

「なぁ、明人《あきひと》。なんだか最近ご機嫌だな？」

昼休み——食堂でA定食を食べていると、目の前でカレーライスを食べている彰が不思議そうに俺の顔を見ていた。

「そうか？」

「あぁ、充実した日々を送ってる、という顔をしているよ」

充実した日々――確かに、そうだろう。

今や学校のアイドルとも言えるくらいに人気があるシャーロットさんと、毎朝毎晩一緒にいて、その妹である天使のようにかわいいエマちゃんに甘えられている。

これで、充実していないはずがない。

だけど、まさか気付かれるとは……。

「そんなに顔に出てたか？」

「あぁ、どこか楽しげだ。まるで、中学時代のようにな」

「………」

俺はA定食のメインである、エビフライを摘《つ》まんだ状態で箸《はし》を止める。

そして、彰の顔をジッと見つめた。

「もしかして、家から連絡が――」

嬉しそうに話していた彰は、俺の顔を見て言葉を止めた。

そして、バツが悪そうに表情を暗くする。

「悪い、違うようだな……」

「別に、謝られる必要はないけど……連絡なんて、してくるわけがないよ」

「……なぁ、明人。もうサッカーはやらないのか？　また前のように俺と――」

「彰、もうその話はするなって言っただろ？　俺には、そんな資格がないんだよ」

「それ言ってるの、お前だけだろ……！」

「いいや、あの時の周りがどういう反応だったか、彰もその目で見てきただろ？　それに、あいつらからサッカーを奪った俺が、どの面《つら》を下げて今更サッカーをやるっていうんだよ」

「それだって、お前のせいじゃ――」

「俺のせいだよ。俺がいなければ、あんなことは起きなかった」

「明人……」

彰は悔《くや》しそうに歯を食いしばる。

俺はそんな彰に、笑みを返した。

「さっ、もうこんな話はやめにしよう。それよりも、テスト対策は大丈夫なのか？」

「ごふっ――！　お、おま……ごほっ……急に、テストの話題を……ごほっごほっ……持ち出すなよ……！」

水が気管に入ったのか、彰は苦しそうに咳《せき》をしながら、恨めしそうに俺の顔を見てきた。

「いや、動揺《どうよう》しすぎだろ。テスト、明日からだぞ？」

「ダ、ダイジョウブ、アカテンハトラナイ、タブン」

「なんで片言なんだよ……」

俺は遠い目をした親友を前にし、テストの準備ができていないことを十二分に理解した。

「後で、科目ごとにテストに出そうな部分をまとめたノートを渡すから、それを覚えてくれ。

少なくとも、赤点は免れるだろ」

「明人……！　やっぱ、持つべきものは親友だよな！」

「お前、それ都合がいい奴に思われるから、女子の前で言わないほうがいいぞ」

とても嬉しそうに俺の両肩をガシッと摑んできた彰に対し、俺は苦笑いを返した。

「はっ……!?　俺がモテない理由、実はそれなのか……!?」

「いや、意中の相手にグイグイといきすぎるところだと思うが」

あと、彰はモテてないわけじゃない。

一時期大怪我《おおけが》をしてブランクがあるにもかかわらず、彰は現在ユースで注目されているフォワードの一人だ。

怪我が完治した今なら、世代別代表にも招集されるかもしれない。

……怪我さえなければ、ブランクもなくて今頃確実に招集されていただろうけど……。

そんな実力を持つ彰だから、他校のサッカー好きの女子たちからはかなり人気がある。

しかし、なぜか彰は、そのファンの子たちにはアタックしてこなかった。

彰の中ではファンからの人気は、モテているうちに入らないようだ。

「はぁ……シャーロットさんなんて、何回誘っても遊んでくれないしな……」

不意にシャーロットさんの名前が彰の口から出てきて、俺はドキッとしてしまう。

未だに、シャーロットさんとほぼ半同棲《はんどうせい》生活をしていることは彰に伝えておらず、なんだかバツが悪くなってきた。

「あはは……まぁ彼女だって忙しいんだよ。妹の面倒を見てるってことだし、仕方ないだろ？」

「そうだけど……やっぱり、彼氏がいるのかな……」

「えっ……なんでそう思うんだ？」

「なんだろ、雰囲気《ふんいき》の違い？　話していると、出会った頃と雰囲気が変わってるというか……」

彰には野性の本能みたいなものが備わっている。

理屈ではなく、勘で察しが良かったりするのだ。

とはいっても、さすがにシャーロットさんに彼氏はいない。

あれだけ一緒にいるのだから、男の影があるのならすぐにわかるものだ。

何より、彼女が俺の部屋に遊びにこないだろう。

短い付き合いだが、そこら辺の線引きはする子だとわかる。

「出会った頃って、まだ二週間じゃないか。変化なんてそうそうわかるものじゃない」

「そういうものかな……？　でも、あの様子……絶対、好きな奴がいると思うんだよな……」

「そ、そうなのか……」

シャーロットさんに好きな人がいる――そう言われて、俺の頭にはある考えが過《よぎ》る。

だけど、当然口にすることはできないし、勘違いであれば俺は大恥《おおはじ》をかく。

というか、海外では頬《ほお》にキスなど挨拶《あいさつ》代わりでしているのだから、あれもそこまで深い意味はなかったのかもしれない。

だから、ここは誤魔化《ごまか》すことにした。

「まぁ、ここで俺たちが話してても結論なんて出ないさ。それよりも、そろそろ教室に戻ろう」

俺は笑顔で彰に促す。

「あぁ、そういえばなんだが……シャーロットさんの歓迎会、テスト最終日でどうだ？」

そして立ち上がると、ふと思い出したかのような態度で彰へと話しかけた。

「あっ！　そういえばしてなかったな！」

いや、忘れてたのかよ——というツッコミはなんとか呑《の》みこみ、俺は笑顔で言葉を続ける。

「ちょうどいい機会だし、誘ってみたらどうだ？　みんな、喜んで参加するだろうし」

「そうだな！　俺もちょうど練習休みだし、声掛けてみるよ！」

どうやら彰は、かなり乗り気になってくれたようだ。

「言うまでもないけど、まずはシャーロットさんに確認を取れよ？　あと、彼女にも都合があるだろうから、迷ってたりしたら絶対に無理強《むりじ》いはしたら駄目だ」

「あ、あぁ、そうだよな……。うん、気を付けるよ」

「ありがとう」

「えっ、なんで明人がお礼を言うんだ？」

「あっ、いや……うん、間違えただけだ。頼むよ、彰」

俺は笑顔で誤魔化し、さっさと食器を厨房《ちゅうぼう》へと返しに向かった。

彰は不思議そうに首を傾《かし》げていたけれど、何かを言うでもなく俺の後をついてくる。

その後俺たち二人は食堂のおばちゃんへと食器を渡し、教室へと向かった。

この様子なら、彰はシャーロットさんを無理に誘うことはないだろう。

後は、シャーロットさんの判断に任せよう。

――それにしても、家から連絡、か……。

来るわけがない。

相手はただ俺を利用しただけで、本当の親ではなく、そもそも家族になるつもりだってなかったのだから――。

◆

「なぁ、教室のほう騒がしくないか？」

教室付近まで帰ると、何やら俺たちの教室が喧騒《けんそう》に包まれているようで、彰が眉《まゆ》を顰《ひそ》めた。

シャーロットさんが留学してきてからは、他のクラスからも人が集まるようになったため、毎日うるさいのはうるさいのだが……なんだか、今日は違うように思える。

「二人とか、そういう人数じゃないぞ……？　それに――いや、ちょっと急ごう」

聞こえてくるのは、大勢の怒鳴り合う声。

どれも男子の声のようだが、その中に鈴のように澄んでいる声が紛《まぎ》れているのが聞き取れた。

だから、俺は彰を連れて教室へと急ぐ。

すると――。

「お前ら、調子に乗るのもいい加減にしろよ！　俺らが誘ってんだろうが！」

「お前らこそいい加減にしろよな！　毎日毎日しつこいんだよ！　先輩だからって調子に乗るなよ！」

教室の中心で、二人の男子が胸倉を掴み合っていた。

その両後ろには、それぞれの味方をするように男子たちが分かれ、怒鳴り合っている。

片方は俺のクラスメイトたちで――もう片方は、ここ最近毎日のように教室に顔を出している、三年生たちだ。

女子たちは怖いんだろう。

教室の隅に行き、男子たちを遠巻きに見るようにして怯《おび》えた表情を浮かべている。

そんな中――。

「お願いですから、もうやめてください……！」

シャーロットさんは、胸倉を掴み合っている二人を止めようと、声を張っていた。

だけど……懸命に声をあげているが、表情は怯えているように見える。

目の端には……雫《しずく》が、浮かんでいた。

「あいつら……！」

事態を理解した彰が、男子たちを止めようと動きだす。

しかし――それよりも早く、俺の体が無意識に動いてしまった。

「――何してるんだ、あんたら……？」

胸倉の摑み合いをしていた代表らしき二人の腕を、俺はギュッと摑む。

「「い、いてててて！　な、何すんだ！」」

二人は喧嘩《けんか》しているのが嘘かのように仲良く声をハモらせ、俺の顔を睨《にら》んできた。

ただ――更に力を込めてやると、顔色を変えてどうにか俺の腕を引きはがそうとし始める。

俺は大袈裟《おおげさ》だな、と思いながらも、摑んでいる腕を離してやった。

腕が解放された二人は痛そうに腕を擦《さす》っていたが、俺は気にせず二人を見据える。

「男子が揃いも揃って、女子を怯えさせて何をしている？　あんたらは、学校に何をしに来ているんだ？」

「「「「――っ！」」」」

俺の顔を見た男子たちの顔色が変わる。

まるで、見てはいけないものでも見たかのような表情だ。

「い、いや、あれだよ！　ちょっと熱くなりすぎただけでさ！　だからそんな睨むなよ！」

掴み合いをしていた三年生側の男が、ひきつった笑みを浮かべて言い訳をしてきた。

「そ、そうだ！　ちょっと騒いじゃっただけじゃないか！　軽い冗談だって！　だからそんな睨むなよ、青柳！」

クラスメイトも、《あはは》と空笑《そらわら》いを浮かべながら、バシバシと俺の背中を叩いてきた。

何が冗談なのか。

冗談でシャーロットさんを怯えさせたというのなら、もっと許せない。

俺は、更に男子たちを問い詰めようとするが――。

「落ち着け、明人。お前までキレてどうするんだよ」

不意に、ポンッと頭を叩かれた。

俺はそれで我に返る。

「…………すみません、先輩方。もう昼休みが終わりそうなので、自分たちの教室へと帰って頂けますか？」

俺は一度深呼吸をして体の熱を外に逃がすと、騒ぎを起こした問題児たちに帰って頂くようお願いをした。

先輩たちの様子を見るに、もう言い合いをすることはないだろう。

「あ、あぁ、悪かったな、邪魔して……」

「じょ、女子たちもごめんな、騒いで……」

「シャーロットさん、また今度……」

三年生たちは分かってくれたのか、すごすごと立ち去っていく。

なにげにシャーロットさんのことはまだ諦めていないようだったけど、少なくとも数日はおとなしくしてくれるだろう。

俺はその姿を横目に見ながら――少し、後悔《こうかい》をしていた。

何してんだよ、俺は……。

シャーロットさんの怯えている姿を目にして熱くなり、やるべきことをできなかった。

あんなの、場を収めるどころか、下手《へた》をすると悪化させるやり方だ。

更に酷《ひど》くなる前に、止めてくれた彰には感謝しないとな……。

「あ、あの、悪かったな、青柳……」

「ほ、ほら、でもさ、あいつらしつけーんだもん。三年生が何、毎日二年生の教室に来てるんだって、話で――」

一人反省をしていると、クラスメイトたちが何やら俺に謝ってきた。

しかし、その様子は反省しているというよりも、責任を三年生に押し付けようとしているように見えてしまう。

その態度に若干《じゃっかん》イラッとくるものの、先程の今で同じ失敗は繰り返さない。

またこもり始めた熱を息とともに外に逃がし、男子たちの目を見る。

「いや、俺に謝ることじゃないよ。謝るんなら、シャーロットさんをはじめとした女子たちにだ」

俺はそう言って、未だ教室の隅にいる女子たちへと視線を移した。

すると、男子たちは素直に、シャーロットさんたちに謝りに行く。

すんなりと言うことを聞いた男子たちに少し驚きつつも、俺はもうこういった事態にならないよう何か対策を考える。

――とはいっても、ここまでの騒ぎになったんだ。

俺が何かをするというよりも、ここは美優《みゆ》先生に動いてもらおう。

大義名分を持ったあの人に、盾突《たてつ》ける奴なんてこの学校にはいないからな。

「…………」

「ん？　どうした、彰？」

考え事をしていると、彰がジッと俺のほうを見ていたので声をかけてみる。

そういえば、彰にはお礼を言わないといけなかったな。

「いや、別に……」

「そっか。まぁ、ありがとう。彰のおかげで変な揉《も》め事に発展しなかったよ」

「あぁ、それはよかったけど……。あの明人が、キレるまで機嫌が悪くなっていたとは……。

やっぱり、もうあの話はしないように気を付けよ……」

よかったと言った後、彰は俺に背を向けながらボソボソと何かを呟《つぶや》きながら去っていった。

なんだか、様子が変だったが……。

「おい、彰──」

「──あ、あの、青柳君……」

「あっ……」

背後から聞こえてきた澄んだ声により、俺は若干気まずい気持ちになりながら振り返る。

すると、そこには俯《うつむ》いて体をモジモジとさせる、シャーロットさんが立っていた。

……目を、合わせてくれない……。

これは、怖がられている、のか……？

「えっと、どうかした？」

「その……ありがとうございました……」

声をかけると、彼女は俯いたままお礼を言ってきた。

まじめで礼儀《れいぎ》正しい彼女のことだから、わざわざお礼を言いに来てくれたのだろう。

だけど、俺は目を合わせてくれないことにショックを受けてしまった。

挙句《あげく》、俺が返事をしようとしたら、シャーロットさんはペコペコと頭を下げてそそくさと女の子たちの元に行ってしまった。

まるで、逃げるような態度だ。

……やばい、本気で落ち込む。

――結局、この後も俺はシャーロットさんと目を合わせてもらえず、かなり落ち込んでしまった。

◆

その日の晩――夜も更けてきた頃、俺は戸惑いを覚えていた。

原因は、俺の隣に肩がくっつきそうな距離で座る、可憐《かれん》な少女にある。

彼女は、机の上に広がる教科書やノートに視線を向けず、ジィーッと俺の横顔を見つめてきていた。

しかし――視線が気になった俺が彼女のほうを見ると、サッと顔を背けられる。

だから気にしないよう意識して、手元に視線を戻そうとすれば――また、ジィーッと顔を見つめてきた。

エマちゃんが眠りについてから、ずっとこの繰り返しだ。

昨日までは、食事が終わるとすぐに自分たちの部屋へと戻っていたのに、なぜか今日のシャーロットさんは帰ろうとしない。

それどころか、勉強をしているところを見たいと言い出し、現在に至るのだ。

正直彼女の考えが一切わからず、こんな態度をとり続けられれば勉強にも集中できない。

かといって、声を掛けようとすれば顔を背けられてしまう。

いったい俺はどうしたらいいのだろうか……。

シャーロットさんが顔を背けるのは、やっぱり今日のことで怖がられているんだと思う。

だけど、それならわざわざ俺の部屋に入り浸ったりしないはずだ。

俺は先程から同じような考えがグルグルと頭の中を駆け巡り、答えが見つからない迷宮に迷い込んだ気分だった。

とりあえず、このままだと埒《らち》が明かない。

覚悟を決めて、声を掛けてみるか……。

シャーロットさんが部屋に帰るまで、この無言のやりとりが延々に続きそうだと思った俺は、この状況を打破することにした。

「ねぇシャーロットさん、ちょっといいかな？」

「は、はい!?　ななな、なんでしょうか!?」

挙動不審《きょどうふしん》――声を掛けた時の彼女の反応により、俺はその漢字四文字が頭に浮かんだ。

彼女はチラチラと俺の顔を見上げてくるが、決して目を合わせようとしてくれない。

……決まりだ。

これは――――完全に怯《おび》えられている！

「その、ごめんね……」

「えっ？　えっ？　ど、どうして謝られるのでしょうか……？」

俺が謝ると、驚いたようにシャーロットさんが俺の顔を見てきた。

今朝方ぶりに目が合った気がする。

目が合っただけで嬉しいと思う俺は、凄《すご》く単純な男なのかもしれない。

だが、今はそれよりもきちんと彼女に謝るべきだ。

「今日の昼休み、怖いところを見せてしまったよね。怯えさせて本当にごめん」

「………………」

シャーロットさんにきちんと体を向き直して深く頭を下げると、彼女は黙り込んでしまった。

顔は見えないが、感じる気配から俺のことを見つめているのがわかる。

彼女が今何を考えているのかはわからない。

だけど、俺が彼女に危害を加えるような人間ではないことだけは、わかってほしかった。

そうして、彼女の言葉を待っていると――。

「えいっ！」

かわいらしい掛け声とともに、なぜか頭をポスッと弱い力で叩かれてしまった。

急な出来事に俺は戸惑いを隠せず、顔を上げてシャーロットさんの顔を見る。

するると、なぜか頰《ほお》が赤く染まっているシャーロットさんが、プクッとかわいらしく頰を膨《ふく》らませていた。

彼女の顔を見て、余計にわけがわからなくなってくる。

どうして彼女は拗《す》ねているのだろうか？

「シャ、シャーロットさん？」

「青柳君は勘違い屋さんです……！　私は、青柳君のことを怖がったりしていません……！」

「えっ？　そ、そうなの？」

「当たり前です……！　どうして、助けてくださった御方のことを怖がるのですか……!?」

確かに、普通助けてくれた相手なら、感謝をすれど怖がったりはしない。

だけど、俺の場合やり方が悪かったから……。

「だったら、どうして目を合わせないように顔を背けるの……？」

俺は自分が思っていることは呑みこみ、シャーロットさんの考えを聞くことにした。

きっと、俺がごちゃごちゃ考えるよりも、シャーロットさんの考えを聞いたほうが変な誤解が生まれずに済むだろうから。

しかし――。

「そ、それは……」

シャーロットさんは、また目を背けてしまった。

そして先程と同じように、チラチラと俺の顔色を窺《うかが》ってくる。

モジモジとしているのは、何か言いづらいことを言おうとしているのだろうか……？

こんな素振りを見せられると、やはり怖がられているようにしか思えない。

その上――。

「な、内緒です……！」

プイッとソッポを向かれ、誤魔化《ごまか》されてしまった。

もうこれ以上は、下手《へた》に突《つつ》かないほうがいいだろう。

「――そういえば、エマちゃん保育園から帰ってきて、凄くご機嫌だったね」

俺は気持ちを切り替え、シャーロットさんが話に乗ってくれそうな話題を振った。

すると、先程まで顔を背けられたのがなんだったのか、と思うほどにシャーロットさんの顔がこちらを向く。

「驚きでしたよね。まさか、あんなにエマの機嫌がよくなるなんて」

シャーロットさんが驚いているのも無理はないだろう。

俺たちの予想では、慣れない場所に行ったエマちゃんが不機嫌になって帰ってくると思っていたのだから。

だけど蓋《ふた》を開けてみれば、エマちゃんはハイテンションだった。

どうやら、仲良しの友達ができたようだ。

「クレアちゃんだったっけ？　エマちゃん、帰ってきてからその子の話しかしなかったね」

「よほど息があったのでしょうね。エマは人見知りをする子なので、初日から仲良くしてくれる子がいて本当によかったです」

シャーロットさんは、まるで母親のような優しい笑みを浮かべる。

彼女にとっては、エマちゃんはもう妹ではなく子供みたいなところがあるのだろう。

歳《とし》は離れているし、子育てをしているのはシャーロットさんなのだから、それも仕方がないのかもしれない。

「どんな子なんだろうね？　エマちゃんに聞いてもかわいい、としか答えてくれなかったし」

「まだ語彙力《ごいりょく》を持っていませんからね。そのかわいいという言葉に、いろいろな意味が含まれているんだと思いますよ」

確かに、シャーロットさんの言う通りだと思う。

幼いエマちゃんには細かく分類することができず、かわいい、という言葉に集約しているんだろうな。

「ですが、確かにとてもかわいい女の子でしたね」

「そうなんだ？　まぁ、幼い子はみんなかわいいよね」

「それもあるのですが……将来絶対に美人になるなぁ、というくらいにかわいい顔立ちをしていましたよ。それに、行動がとてもかわいらしかったです」

「と言うと？」

「エマが帰ろうとすると、エマにギュッとしがみついて離れなかったんですよ」

「おぉ、本当に凄く仲良くなってるんだね」

たった一日でそこまでなるのか。

特に相手がエマちゃんだけに、驚かずにはいられなかった。

「でも、それだったらエマちゃんも、帰ろうとしなかったんじゃない？」

「はい、なかなか離れようとせず――ですが、青柳君が待ってるよ、と伝えるとあっさりと私の元に来ちゃいました」

シャーロットさんは、頬を人差し指でかきながら、《あはは……》と空笑いを浮かべてしまう。

若干《じゃっかん》目を逸《そ》らしたのは、クレアちゃんに悪いことをしたと思ってるのかもしれない。

「なんというか、うん……エマちゃん、相変わらずだね……」

「エマに笑顔で手を振られたクレアちゃんは、呆然《ぼうぜん》としてましたからね……」

それもそうだろう、そんなあっさりと手の平返しをされてしまえば……。

「まぁ、幼い子たちだから、問題はないだろうけど……」

「エマに関しては、自分が悪いことをした、という認識すらありませんからね」

うん、エマちゃんって自分中心だから、その辺のことに疎《うと》いんだよな。

シャーロットさんはそういうところも気にして、普段からエマちゃんを注意してるんだろう。

ただ、彼女自身、エマちゃんと二人きりになると甘やかすばかりだから、効果が出てないという感じかな。

まぁ、これからエマちゃんも集団の中で生活をしていけば、否《いや》が応《おう》でも気にしていくようになるだろう。

懸念《けねん》は、大きな衝突が起きないかだが――今そんなことを言ったって、いたずらにシャーロットさんを不安にさせるだけだ。

「これから、エマちゃんもいろんなことを学んでいくと思うよ。その中で、何がいいのか、何が悪いのかもわかっていくんじゃないかな」

「そうですけど……それがわかる前に、何か大きな過ちを犯さないかが怖いです」

確かに、理解した時にはもう手遅れだった、となれば話にならない。

だけどそれも、周りが気を付けてやればいいだけだ。

「エマちゃんがもっと大きくなっていたらそうだけど、今はまだ幼いからね。言うほど心配することはないよ。もしそれでも心配することがあるのなら、交友関係かな」

「交友関係、ですか……」

「子供ってさ、純粋なんだよ。純粋だからこそ、時には残酷《ざんこく》なんだ」

「青柳君……」

シャーロットさんは声を暗くし、心配そうな表情で俺の顔を見つめてきた。

俺はその声で、ハッとする。

「……ごめん、少し大げさだったね」

先程、いたずらに不安にさせるだけだ、と思ったはずなのに、俺は何を言っているのか。

これじゃあ、シャーロットさんをただ不安にさせてしまっただけだ。

とりあえず、空気をどうにかしないと。

「まぁ、気にすることはないよ。エマちゃんなら問題はないと思うし、もし何かあった時は、俺たちが手を差し伸べてあげよう」

俺はなるべく明るい笑顔を彼女に向けた。

シャーロットさんは何か言いたそうにしたが、グッと言葉を呑《の》みこみ、同じように笑顔を向けてくれる。

「そうですね。結局、この子のために私たちができることをするしかない、ですもんね。それに、この子を信じてあげることも大切だと思いますし」

「うん、そうだよね。時には見守ることも必要だと思うよ。ごめんね、折角《せっかく》明るい話だったのに暗い話にしちゃって……」

「い、いえいえ！　エマのことを真剣に考えてくださっているからこそ、だと思いますので！」

俺が謝ると、シャーロットさんは自分の顔の前で両手を一生懸命振って、俺の言葉を否定してくれた。

そして、優しい表情になり、自身の胸の前で軽い握りこぶしを作る。

「それに、嬉しいんです。青柳君はいつも、私たちのことを真剣に考えてくださるので……」

「──っ」

まるで、熱に浮かされたようなとろみを帯びた瞳で、シャーロットさんはそう呟《つぶや》き、俺は一瞬にして顔が熱くなってしまう。

「あっ……た、他意はないです！　他意は！」

そして、俺の様子に気が付いたシャーロットさんが、また両手を顔の前で振り始めた。

顔を真っ赤に染め、一生懸命否定をしている。

あぁ、もう……！

顔が熱くて仕方がない……！

「だ、大丈夫、何も勘違いはしていないから……」

俺は、顔を右手で押さえ、シャーロットさんから顔を逸らした。

たくっ……この子はこの子で、天然が入っているから勘違いしそうなことを言ってくるんだよな。

前のキスだってそうだし……気を付けないと、本当に勘違いしてしまいそうだ。

「そ、それよりも、本当に青柳君には感謝をしているんです……！　エマが初日からお友達を作れたのも、青柳君のおかげだと思いますので……！」

「えっ？　そんなことはないと思うけど……」

「いいえ、少し前までエマは、家族以外とは仲良くしようとしなかったんです。それは、イギリスのナーサリー……日本で言う保育園のような施設でも、変わりませんでした。それなのに、日本に来てからは変わったんですよ。知っていますか？　エマ、道で会った主婦の方に手を振られると、恥ずかしそうにしながらも手を振り返すようになったんです。そしてそれは、青柳君に懐いてからするようになった行動です」

それは知らなかった。

俺と一緒にいる時は基本抱っこの状態で、エマちゃんは俺の胸に顔を押し付けているか、俺に話しかけているか、猫の動画を見ているかのどれかだったから。

「ですから、今回友達ができたのも、すぐに保育園に馴染《なじ》めたのも、青柳君のおかげなんです」

本当にこの子は……随分《ずいぶん》と、俺を買いかぶっているな……。

それに、一つ疑問もある。

エマちゃんのコミュ障が改善されたのだったら、どうしてあの子はクレアちゃんの話しかしなかったのだろうか？

外国人専用の保育園とはいえ、他にも友達はいたと思うんだけど……。

とはいっても、これもただシャーロットさんを不安にさせるだけだから、言わないほうがいいだろう。

それに、ただ単にクレアちゃんと凄《すご》く息があったから、その子の話しかしなかった可能性も十分にあるしな。

「俺はそんなに凄くないよ。変わってきたのは、エマちゃん自身の成長じゃないかな」

シャーロットさんの言葉に対し、俺は笑顔で首を左右に振った。

「……そうですね」

あれ……？

なんだろう、一瞬シャーロットさんが悲しそうに目を伏せたように見えた。

俺、悲しませるようなことを言ったか……？

「シャーロットさん？」

「はい？」

声をかけると、シャーロットさんは小首を傾《かし》げて俺の顔を見てきた。

若干上目遣いになっているので、やっぱりこの子はずるいと思う。

「う、うぅん、なんでもないよ」

「そうですか……？」

「う、うん。それよりも、エマちゃんの様子を見る限り、シャーロットさんの歓迎会はできそうだね」

俺はこれ以上踏み込むことをやめ、明るい話題を彼女に振った。

それに、こっちも大切なことだ。

「あっ……歓迎会……。でも、よろしいのでしょうか……？　私のために、皆さんにお時間を割《さ》いて頂くなんて……」

「むしろ、喜んでやりたがると思うけど。留学初日だって、そうだったでしょ？」

「そういえば……。ですが、テスト最終日ということは、皆さん羽を伸ばしたいのでは……？」

「だからこそ、いい機会だと思う。歓迎会となればみんな思い切って盛り上がれるし、シャーロットさんと話したい奴だって多いと思うんだ。それに、テスト最終日を狙ったのは、他にも理由があるんだよ」

「と、言いますと？」

「うちの学校って、進学校と呼ばれるほど勉強に力を入れているところなんだ。だから――というのは変かもしれないけど、テスト最終日でも部活は休みになってるんだよ。各々《おのおの》テスト勉強の疲れを取れ、という感じでね。だからその日なら、部活が理由で歓迎会に参加できず、モヤモヤとした気持ちを抱える生徒が出ることはないでしょ？」

「そこまでお考えに……本当に、青柳君は凄いですね……」

シャーロットさんは驚きを含みながらも、感心したような表情で俺の顔を見つめてきた。

これくらい、普通にみんな考えそうだと思うんだけどな……。

「褒《ほ》めてくれるのは嬉しいけど、あまり持ち上げられすぎても困るかな。俺は普通の高校生なんだから」

「それは、そうなのですが……なんだか、青柳君は年上に思えてしまいます……」

シャーロットさんは俺から目を逸《そ》らし、赤みを帯びた頰《ほお》で熱っぽい息を吐きながら、そう言ってきた。

俺はその言葉に――ショックを、受けてしまう。

「えっ!?　そんな老けて見える!?」

「なんでそうなるのですか!?　青柳君、時々わざとやってますよね!?」

俺が反応すると、シャーロットさんは小さく頰を膨《ふく》らませて怒ってしまった。

そんな彼女もかわいいと思ってしまう俺は、病気かもしれない。

「いや、昔からちょくちょく言われることがあって……」

「そうだとしても、私たちの年齢的にはいい意味と捉えませんか……？　大人に見える、と言われているんですよ？」

「結局、年齢に比べて老けて見えてるんじゃ……？」

「ち、が、い、ま、す！　性格的な意味で、大人びて見えているんです！」

よほどシャーロットさん的に譲《ゆず》れない部分だったのか、彼女は若干頰を膨らませたまま、わざと言葉を区切って否定をした。

うん、やっぱりこの子……かわいすぎないか？

――とまぁ冗談はさておき、確かに、見た目がおじさんに見えるとは言われていない。

そうか、そういうことか。

俺が老けて見えているわけじゃなかったのか……！

「まぁ、それならよかったよ」

「はい――って、話題逸らしちゃいましたね……。ごめんなさい……」

歓迎会とは全く違う話になったことに気が付いたシャーロットさんは、顔を赤く染めながらペコッと頭を下げた。

相変わらずまじめだ。

「気にしなくていいよ。俺たち二人しかいないんだし、したい話をすればいいんだよ」

「ふ、二人しかいない……!?」

「えっ？」

何が気になったのかはわからないけど、シャーロットさんは急に俺から顔を背けてしまった。

そして口元に両手を当て、何かブツブツと言っている。

「そうです、そうです……！　今更ですけど、この男女二人きりの空間というのは、とても凄いことなのでは……!?　エマが傍で寝ているとはいえ、普通に過ちが起こってもおかしくないですよね……!?」

「あ、あの、シャーロットさん？　大丈夫……？」

シャーロットさんが急に顔を真っ赤に染め、まるで驚愕《きょうがく》しているような表情で何か独り言を呟いているので、俺は不安になって声をかけた。

すると、彼女はビクッと肩を震わせ、おそるおそる俺の顔を見てくる。

「き、聞こえましたか……？」

「う、うぅん、内容までは聞こえなかったよ！」

これは、間違っても聞いていた、と言ってはいけないとわかり、俺は即行で否定をした。

もちろん、内容が聞き取れていないのも嘘ではない。

「ほっ……よかったです……」

俺が聞き取れていないとわかると、シャーロットさんは安堵《あんど》したように胸を撫《な》でおろした。

一瞬手の動きに視線が釣られたけれど、俺は慌ててシャーロットさんの顔へと視線を戻す。

「そ、それで、なんだっけ……？　あっ、そうだ、歓迎会――予定通り、進めちゃって大丈夫かな？」

「あっ、はい……！　よろしくお願い致します……！」

念のため確認をすると、シャーロットさんは満面の笑みで頭を下げてくれた。

「うん、よかった。それで悪いんだけど、シャーロットさんのほうから彰に行ける旨《むね》を伝えてもらえるかな？」

俺から伝えてしまうと、彰が疑問を抱いてしまう。

元々彰からシャーロットさんへの確認は行われているのだから、ここはシャーロットさんの口から彰に答えてもらうのが筋だ。

「わかりました。いろいろとありますもんね」

いろいろと——彼女はそう言葉にした時、ほんの一瞬だけ悲しそうに目を伏せたように見えた。

優しくてまじめな彼女だから、こういう隠し事をしている状況は嫌なのかもしれない。

とはいえ、彼女のことを考えると、やはり俺たちの関係はクラスメイトたちには知られないほうがいいだろう。

「では、私たちはそろそろ失礼させて頂きますね。ごめんなさい、テスト勉強のお邪魔をしてしまって……」

「ううん、気分転換になったからよかったよ。ありがとね、シャーロットさん」

「——っ！　で、では、失礼します……！」

笑顔でお礼を言うと、なぜかシャーロットさんはプイッと俺から顔を背け、寝ていたエマちゃんを抱きかかえて部屋を出ていってしまった。

いつもなら布団も片付けてから行くのに、いったいどうしたんだろう……。

俺は首を傾げながら布団を片付け、その後戸締まりをしてテスト勉強を再開するのだった。

第二章「美少女留学生の嫉妬と我が儘」

カーテンの隙間《すきま》から差す日の光によって起きた俺は、重い瞼《まぶた》をなんとか開きながら学校に行く準備をしていた。

「眠たいな……」

歯磨《はみが》きをして、寝癖《ねぐせ》を直し、そして顔を洗ってもまだ眠気が消えない。

連日テスト勉強で夜更かしをしているから、結構疲労が溜まっているようだ。

しっかりとしないと、またシャーロットさんに心配をかけてしまう。

――ピンッポーン！

「あれ？　もうシャーロットさんたち来たのかな……？」

いつもよりも二十分ほど早くインターホンが鳴ったので、俺は首を傾げながらドアを開ける。

すると――。

「お、は、よ、う。お、に、い、ちゃ、ん」

ドアの先には、小さな天使が降臨していた。

小さな天使は、満面の笑みを浮かべて俺を見上げている。

「あれ、エマちゃん？　日本語が話せるようになったの？」

日本語で挨拶《あいさつ》をしてくれたエマちゃんに、俺は思わず日本語で話し掛けてしまった。

「…………？」

当然日本語をきちんと理解しているわけではないエマちゃんは、俺が何を言っているのかわからずにキョトンとして首を傾げる。

その後エマちゃんは笑顔で頷《うなず》き、両腕をいっぱいに広げて俺の顔を見つめてきた。

どうやら、《だっこして》とおねだりしているようだ。

……今この子、わかってないのにテキトーに頷いたな。

まぁ、日本語で話しかけた俺が悪いのだけど……。

俺は腰をかがめて目線をエマちゃんの高さに合わせると、同じように「お、は、よ、う」と笑顔でゆっくりと挨拶を返した。

せっかく日本語の挨拶を覚えたみたいだから、エマちゃんが早く日本語に馴染《なじ》むよう手伝おうと思ったのだ。

「あっ――お、は、よ、う」

俺がエマちゃんと同じように挨拶を返したのが嬉しかったようで、またエマちゃんは同じように挨拶をしてきた。

《えへへ》と、だらしない笑みを浮かべる姿がとてもかわいらしい。

また同じように挨拶を返してもいいが、多分そうするとイタチごっこになる気がする。

だから俺は、最初にエマちゃんが求めてきた要望に沿うことにした。

小さな体に手を伸ばすと、エマちゃんは嬉しそうに目を輝かせる。

落とさないようにしっかりと抱きしめてから持ち上げると、エマちゃんも同じように俺の首に回す腕に力を入れてきた。

そして、いつも通りの頬《ほお》ずりをしてくる。

本当にこの子は甘えん坊だ。

でも、それがかわいい。

発音よく日本語で《おにいちゃん》って言ってきた時なんて、本当に妹にしたいと思ったくらいだ。

少し前に日本語を話せるようになりたいとは言っていたが、きちんと覚えようとしている姿にも感動した。

……ところで、シャーロットさんはどうしたのだろう?

姿が見えないんだけど……。

そう不思議に思っていると、ドアのほうから人の気配を感じた。

もしかして――。

俺は、エマちゃんを抱っこしたまま、死角となっているドアの裏を覗《のぞ》き込んでみる。

すると、何やら頬を両手で押さえている、銀髪美少女と目が合った。

「あっ……お、おはようございます……」

目が合ったからか、銀髪美少女――シャーロットさんは、消え入りそうな声で挨拶をしてきた。

そして、なぜか段々と奥へと逃げていく。

いや、うん。

やっぱり怖がられてない？

なんで逃げるの？

俺はそんな疑問が頭を過《よぎ》るけれど、なんとか言葉にしないよう踏みとどまった。

そして、頭の中から嫌な考えを追い出し、笑顔をシャーロットさんに向ける。

「おはよう」

そして、挨拶を返すと――シャーロットさんは、ブンッと勢い良く顔を背けてしまった。

……えっ、そこまで？

あまりの勢いの良さに、俺はもう何が何やらわからなくなってしまう。

『ロッティー、おかしい』

どうやら、シャーロットさんの様子に違和感を抱いたのは俺だけではなかったようで、腕の中にいるエマちゃんが訝《いぶか》しげな表情でシャーロットさんを見ていた。

『仕方ないの……！』

そんなエマちゃんに対し、シャーロットさんは普段とは違う余裕のなさで答えた。

だけど、何が仕方がないのか全くわからない。

エマちゃんも心当たりはないようで、キョトンとした表情で小首を傾《かし》げている。

『あっ……その、ごめんなさい……』

俺が戸惑っていることに気が付いたからか、それとも大声を出したことがはしたないと思ったのかはわからないが、シャーロットさんは俯《うつむ》きながら謝ってきた。

『いや、いいけど……とりあえず、中に入ろうか』

これは触れるとかわいそうだ。

そう思った俺は、笑顔でシャーロットさんを中に連れ込んだ。

しかし、部屋の中に入った後も、シャーロットさんは顔を赤くしたまま、指を合わせながらモジモジとしている。

その様子は、どう見ても恥ずかしがっているようにしか見えなかった。

完全に、異性として意識されているような気がする。

……いや、落ち着け俺。

いくらなんでも、自分に都合よく受け止めすぎだ。

ここで勘違いをすれば、ナルシストの恥ずかしい奴になってしまう。

元々シャーロットさんには、恥ずかしがり屋の一面があったんだ。

怖がられていないのかもしれないが、俺に対する好意から恥ずかしがっているのではなく、先程の件で恥ずかしがっているだけ、という可能性も十分にありえる。

特に彼女みたいなタイプは、異性の前で大声を出すこと自体恥ずかしいだろうし。

『その、朝ご飯……お作りしますね……』

『あっ、うん……ありがとう』

顔を赤く染めたまま、作り笑いのような笑みを浮かべたシャーロットさんに対し、俺も同じような笑顔を返してしまう。

なんだろう、昨日最後ら辺は結構まともに話せるようになったのに、またこの空気だ。

正直、かなり気まずい。

シャーロットさんは俺の家に置いていた、彼女用のピンクのエプロンを体に巻き、朝ご飯を作り始める。

俺はそんな彼女の後ろ姿をジッと見つめる――ということはできず、腕の中で《相手をしろ！》とでも言いたげな表情を浮かべている、かわいらしい幼女へと視線を落とした。

それからは、シャーロットさんの朝ご飯が出来上がるまで、俺はエマちゃんの遊び相手をするのだった。

◆

『――おにいちゃん、あ～ん』

現在、妹のエマはとても幸せそうな表情を浮かべながら、青柳《あおやぎ》君に朝ご飯を食べさせて頂いています。

私はそんな二人を見つめながら、幸せで胸がいっぱいになっていました。

エマはご飯を食べることが大好きですが、ここまで幸せそうな表情を浮かべるようになったのは、青柳君と一緒に食事をするようになってからです。

本当に、青柳君のことが大好きなのでしょう。

そして青柳君も、自分の妹のように――もしかしたら、娘のような気持ちでエマをかわいがってくれています。

彼の穏やかな表情は、まるで娘を想う父親のように優しい笑顔です。

私は温かい家庭に身を置いているようで、とても幸せな気分でした。

――とまぁ、そんなことを思い浮かべている私なのですが、実は今、凄《すご》く困っていることがあります。

それは……昨日男子の方々から庇《かば》って頂いた時以来、青柳君とまともに目を合わせることができなくなってしまったことです。

……いえ、元々キスをさせて頂いた時から、目を合わせられなくはなっていたのですが……最近、更に酷《ひど》くなってしまいました。

目が合うと、鼓動が異常に高鳴って全身が熱くなります。

そしてとてつもなく恥ずかしくなってきて、気が付けば目を背けてしまっているのです。

それだけではございません。

もっとたくさん青柳君とお話しをしたいことがありますのに、彼の前に立つと緊張して言葉が出なくなります。

正直に申し上げますと、青柳君の前に行くのが恥ずかしくて躊躇《ちゅうちょ》してしまうようになりました。

エマの話題であれば気を紛《まぎ》らわせられるのですが……それ以外では、かなり意識してしまいます。

それならば彼と距離を取れば済む――という話ではあるのですが、彼と離れてしまうと途端に寂しくなってしまうのです。

早く彼のお顔が見たい――そんな欲望に駆られてしまって、今日なんていつもよりも早い時間からお部屋に押しかけてしまいました。

今までこんな気持ちになったことがなかったので、ずっと戸惑っています。

青柳君に、変に思われていなければいいのですが……。

彼が私のことをどのように思っているのか気になった私は、チラッと青柳君のお顔を拝見します。

ですが、青柳君は私のことなんて気にしていないようで、幸せそうな笑みを浮かべてエマの頭を優しく撫《な》でていました。

…………少しくらい、私にかまってくださってもいいのに。

思わずそんな言葉が頭を過ってしまいました。

青柳君はいつもエマばかりかわいがっています。

……いえ、確かにエマはかわいいです。

世界で一番かわいいと言っても過言ではないくらい、とてもかわいい妹です。

ですから青柳君がエマをかわいがっている気持ちは、よくわかるのですよ？

何より私自身、彼にそうなって頂きたいと思っていました。

エマは、お父さんのぬくもりを知りません。

そのせいもあって、あの子は青柳君をお父さんの代わりに思っているところもあります。

青柳君がお若いのでお兄ちゃんと呼んではいますが、エマの甘え方がお父さんに甘える子供のような感じですからね。

二人が仲良くなってくださることはとても喜ばしいのです。

ですが——青柳君。

『あれ、たべたい』

『エマちゃん、さっきからお肉ばかり食べてるよ？　お野菜も食べようね』

『んっ、いい』

『ほら、こっちのほうれん草のナムル、おいしいよ』

『……んっ』

やはり、もう少し私のことも気にしてくれてもいいのではないでしょうか……？

ずっとエマと二人だけで話していますが……私だって、少しはかまって頂きたいです……。

仲良く食事をしている二人を見つめていた私は、段々と疎外感《そがい》を覚えてきました。

……だめ、ですね……。

全然自分の気持ちが抑えられません……。

『——えっ、シャーロットさん、どうしたの……？』

『えっ？　な、何がでしょうか？』

『いや、なんだか、ムスッとしてたように見えたから……』

『い、いえ、そんなことはありませんよ……？』

青柳君に指摘をされて、私は慌てて笑顔で誤魔化《ごまか》しました。

しかし——。

『ロッティー、ぷくってなってた……！』

容赦《ようしゃ》のないエマが、追い打ちを掛けてきました。

おそらく、私の頬《ほお》が膨《ふく》らんでいた、と言いたいんだと思います。

『そ、そんなことないよ？』

『なってた……！』

『なってないってば……』

『むぅ……おにいちゃん……！　ロッティーうそついてる……！　わるいこ……！』

私が認めないのが気に入らなかったのか、エマは青柳君の手をペチペチと叩いて抗議をしてしまいました。

『よしよし、エマちゃん少し落ち着こうか』

『んっ……』

しかし、青柳君が優しく頭を撫でると、エマは気持ち良さそうに目を細めて黙りこんでしまいました。

本当に、青柳君はエマの扱いが上手《じょうず》です。

『それで、何か不満があるのなら言ってくれると嬉しいな？』

エマがおとなしくなったことを確認した青柳君は、私に対してとても優しく微笑《ほほえ》んでこられました。

私はそれだけで、顔がカァーッと熱くなってしまいます。

そのため、赤くなった顔を見られないように顔を背けてしまいました。

『あの、その、特に意味はなく……』

『本当に？　不満があったら、全然言ってもらっていいんだよ？』

『いえ、本当に……』

私は俯《うつむ》いて首を左右に振り、何もないことをアピールします。

かまってもらえないのが寂しかったです——なんて恥ずかしいことを、言えるわけがありません。

ましてや、そんな嫉妬《しっと》をする醜《みにく》い女性、というふうに青柳君に思われたくないです。

『まぁ、もし何かあったら遠慮《えんりょ》なく言ってね』

青柳君は、深く掘り下げると私が困ると思われたのか、優しい笑顔で話を終わらせてくれました。

本当に、お優しい御方です。

そんな彼と朝晩一緒にいられる私は、それだけでとても贅沢《ぜいたく》なことをしているのでしょう。

ですから、これ以上を望むのはよくないです。

ただ……少しだけでいいので、私もかまってもらいたいです……。

◆

『それじゃあ、俺着替えたりするから、シャーロットさんたちはもう行ってくれたらいいよ』

片付けが終わると、俺はシャーロットさんたちに先に行くよう促した。

彼女たちが早く来た分、まだ着替えとかが終わっていなかったのだ。

いつも別々に家を出るのだから、わざわざ俺が着替えるのを彼女たちに待ってもらう必要はない。

そう思ったのだけど――。

『いえ、お着替えが終わるのをお待ちしますよ』

シャーロットさんは、俺を待つ姿勢を見せた。

なお、目はやっぱり合わせてくれない。

『でも、別々に行くわけだし……』

待つだけ時間の無駄。

そう遠回しに言った俺に対し、シャーロットさんは体をモジモジとさせ、恥ずかしそうに上目遣いで俺のことを見てきた。

その際に左手で髪を耳にかけたのだけど、あざとい仕草に胸が高鳴ってしまう。

『その、保育園までの分かれ道まで……ご一緒、させて頂けませんか……？』

『えっ!?』

思わぬお願いに、俺は再度胸がドキッとした。

『だめ、ですか……？』

シャーロットさんは赤く染まった顔で、不安そうに俺の顔を見つめてくる。

上目遣いで様子を窺《うかが》ってきているけれど、こんな仕草で聞かれたら大抵の男は落ちてしまうだろう。

もちろん、俺も鼓動がうるさくて仕方がない。

しかし――。

『ごめん、誰かに見られると、めんどくさいことになるから……』

俺は、断るしかなかった。

シャーロットさんは可憐《かれん》な容姿のせいで、周りの目をとても引いてしまう。

そんな彼女と一緒に登校するなど、周りに俺たちの関係をアピールするようなものだ。

少なくとも、根も葉もない噂《うわさ》が飛び交うことになるだろう。

結局それは、シャーロットさんを困らせることになる。

だから、俺は断るしかなかったのだ。

だが――。

『通学する生徒が少ないところまででいいのです……。それでも、だめでしょうか……?』

意外にも、彼女は食い下がってきた。

物分かりのいい彼女にしては、珍しいことだ。

『いや、だけど……』

君の場合、一人でもいたらアウトなんだけど……。

俺はそう言おうとしたのだが、否定的な言葉から入ったことによってシャーロットさんがシュンとしてしまった。

そのことに気が付いた俺は、その続きを言えなくなってしまう。

そして、少し考えてみた。

俺が一緒に登校することを断っている理由は、シャーロットさんが困らないようにしたいからだ。

だけどそれは、彼女の思いを蔑《ないがし》ろにしてまで、守るべきなのだろうか?

そもそも彼女にきちんと説明をせずに、俺は別の理由を付けて誤魔化している。

それは優しい彼女に気を遣わせないためなのだが、そのせいで彼女が本当はどう考えているのかを聞けていない。

一つわかるのは、俺と一緒に歩いてるところを見られてもいいから、一緒に登校したいと思ってくれているということだ。

男女二人（エマちゃんもいるけど）が一緒に歩いていれば、周りからどう思われるか——聡明な彼女が、理解していないとは思えないからな。

……………うん、今色々と言い訳を思い浮かべてしまうくらい、俺もシャーロットさんと一緒に登校したいと思っている。

正直、彼女と一緒にいると結構緊張をしてしまう。

だけど、それ以上に言葉にし難い幸福感があった。

要は、一緒にいられるだけで幸せなのだ。

シャーロットさんの言うとおり、他の学生があまり通らないところまでは一緒に行ってもいいのかもしれない。

もし何かあれば、たまたま鉢合《はちあ》わせたなど適当に言い訳をしよう。

そうなれば、シャーロットさんも臨機応変に対応してくれるはずだ。

『ごめん、それじゃあ人通りが多くなるところまでは、一緒に行こうか』

どうするか悩んだ結果、シャーロットさんの誘いに乗ることにした俺は、笑顔で答えた。

すると、シャーロットさんはポーッと俺の顔を見つめてきたのだが、少ししてハッとした表情になり、慌てて首を左右に振った。

どうしたのだろうと思い見つめていると、シャーロットさんは右手を自分の髪に回して、髪の毛を弄《いじ》りながらゆっくりと口を開いた。

『あ、ありがとうございます……』

お礼を言ってきたシャーロットさんの表情は、照れ笑いのような笑顔に見え、俺は思わず顔を背けてしまった。

頬を赤く染めながら嬉しそうに笑うシャーロットさんが魅力的すぎて、見つめていると顔が真っ赤になりそうだったのだ。

『おにいちゃんも、いっしょ？』

話が終わったことがわかったのか、今までおとなしくしていたエマちゃんが、小首を傾《かし》げながら聞いてきた。

『うん、そうだよ』

『ほんと!?　わ～い！』

俺が頷《うなず》くと、エマちゃんは途端にはしゃぎ始めた。

機嫌によって口数が変化する子だけど、ここまではしゃぐことはなかなかない。

よほど嬉しかったようだ。

うん、やっぱりこの子は凄《すご》くかわいい。

『それじゃあ、着替えてくるからちょっと待っててくれるかな？』

俺はそれだけシャーロットさんに伝えて、腕の中にいたエマちゃんをシャーロットさんへと預けた。

エマちゃんは若干《じゃっかん》抵抗をして俺についてこようとしたけれど、シャーロットさんが抱きしめたことで身動きが取れなくなったようだ。

部屋を出る時にエマちゃんが怒っている声が聞こえたが、あまりモタモタとしていると遅刻してしまうため、後のことはシャーロットさんに任せることにした。

◆

『じゃあ、行こっか』

俺は制服に着替えてくると、居間で待ってくれていたシャーロットさんへと声をかけた。

『はい……！』

シャーロットさんは嬉しそうに立ち上がり、俺の隣へと並んでくる。

そしてエマちゃんはといえば、シャーロットさんの腕の中で気持ち良さそうに眠っていた。

お腹がいっぱいになったことで、眠たくなってしまったのだろう。

だけど、これから保育園に行くというのに、シャーロットさんが寝かせたことが意外だった。

「起こさないの？」

エマちゃんが眠っているので、俺は日本語に戻して彼女に尋ねる。

すると、彼女は若干俺から視線を逸《そ》らしながら、困ったように笑みを浮かべた。

「えっと……眠っていたほうがおとなしいので、保育園に着くまで寝かせておこうかと……」

「着いたら暴れない……？」

「だ、大丈夫だと思います。……多分」

うん、全然大丈夫じゃなさそうだ。

とはいえ、一度寝てしまうとこの子を起こすのも大変になる。

前みたいに猫の動画で起こすことはできるかもしれないが、あれはあまり頻繁《ひんぱん》には使いたくない手だ。

何より、目覚めが悪いと、俺やシャーロットさんはまず間違いなく遅刻コースだろう。

「まぁ、寝てしまったものは仕方ないし、とりあえず学校に行こうか」

だから俺は藪蛇《やぶへび》になることはせず、シャーロットさんと二人きりで登校することにした。

とりあえず、シャーロットさんに抱っこさせていると負担だろうから、エマちゃんは受け取っておく。

そして、俺は学校に向けて歩きだそうとするのだが——予想外すぎる出来事が、俺の足を止めてしまった。

——そう、なぜかはわからないが、歩き始めた直後に、シャーロットさんが俺の服の袖《そで》を摑《つか》んできたのだ。

「シャシャシャ、シャーロットさん……？」

「あっ……えっと、その……だめ、でしたか……?」

傍《はた》から見ればキモいくらい動揺《どうよう》した俺が声を掛けると、シャーロットさんは不安そうな表情を浮かべて、上目遣いに見つめてきた。

「いや、いいです……」

そんな表情をされて、駄目だと言えるはずがない。

当然俺は即答しながら頷いた。

「あっ――ありがとうございます……!」

俺が了承すると、またもやシャーロットさんは凄く嬉しそうな表情でお礼を言ってきた。

そして、「えへへ」とまるでエマちゃんのような笑い声を漏《も》らし、なんだか幸せそうな笑みを浮かべている。

俺はそんな彼女を横目に、頭が混乱してしまっていた。

結局、彼女は俺のことをどう思っているのか。

それに対する答えが出ず、俺はどうしたらいいのかわからなかった。

――しかも、まだこれでは終わらない。

「青柳君、あちらの道を通りませんか……?」

むず痒《がゆ》くなるような雰囲気《ふんいき》の中登校をしていると、何を思ったのか、急に彼女が普段は使わない道へ誘ってきたのだ。

「えっ、でも……あっちは遠回りになるけど……？」

シャーロットさんが指差した方向は、学校に行くには遠回りになる道だった。

道としても険しく、わざわざ通学のために通るような道ではない。

それに、このまま遠回りをしてしまえば、エマちゃんを送り届けることも考えると、結構ギリギリの時間になってしまうんじゃないだろうか？

「それは……わかっているのですが……」

俺に指摘をされたシャーロットさんは、俺から目を逸らしながらモジモジとしていた。

何か別の道を行きたい理由があるのだろうか？

俺としては、彼女と一緒にいられる時間が増えるため、素直に嬉しい。

特にこの道は険しい分、学校近くまで人通りが少ない道になる。

それだけ、彼女とこんなふうに登校できるわけだ。

……いや、うん。

俺だって男なんだから、仕方ないじゃないか。

「それじゃあ、あっちの道から行こうか。たまには別の景色を楽しみながら行くのも、気分転換になっていいと思うし」

シャーロットさんが暗い表情になってしまっているので、俺はなるべく明るく努めながら笑顔で頷いた。

すると、彼女の表情がパァーッと明るくなる。

「あ、ありがとうございます……！」

うん、やっぱり彼女は暗い表情より明るい表情のほうがよく似合う。

シャーロットさんには、ずっと笑っていてもらいたいくらいだ。

「お礼を言われるほどのことじゃないよ」

俺は彼女に再度笑顔を向け、そのまま足を踏み出した。

すると、何やら後ろからブツブツと聞こえてくる。

「――どうしましょう……このままだと……凄く甘えてしまいそうです……」

なんだろう、と思って振り返ると、シャーロットさんが俯《うつむ》きながら、空いている左手を頬《ほお》に当てていた。

そして、何かを呟《つぶや》いている。

この子は独り言を言う癖《くせ》があるのだろうか？

まぁ、わざわざツッコミを入れるのは野暮《やぼ》か。

いつもここで声をかけると慌てさせているし、彼女の好きにさせておこう。

俺はそんなふうに流し、シャーロットさんと二人でまずは保育園を目指した。

もちろん、俺は途中で離脱するのだけど。

――と、呑気《のんき》に考えていた俺だが、それどころではなくなる問題が起きた。

「はぁ……はぁ……ご、ごめんなさい……青柳君……」

現在保育園を目指すなか、隣を歩くシャーロットさんはとても苦しそうにしていた。

息も荒くなっており、汗を垂れ流す顔はとても辛《つら》そうだ。

シャーロットさんはもう一人で歩くこともできないようで、俺の袖どころか腕に抱きついて歩いている。

体育を見ていて運動神経が悪いことはなんとなく気付いていたけれど、まさかここまで体力がないとは思わなかった。

傾斜が少しキツい坂道があるだけでなく、足場が悪かったりするのが彼女には辛いようだ。

なんせ、シャーロットさんはことごとく転びそうになるのだから。

少し気を付ければ問題ないはずなのだけど、多分シャーロットさんは体幹が弱いのだろう。

だからすぐに体勢を崩してしまう。

そして無理矢理体勢を戻そうと頑張るため、体力の消耗《しょうもう》が激しいのだ。

俺の腕にしがみつくようになってからは幾分かマシなようだが、既に体力のほとんどを消耗している以上気休めでしかないだろう。

挙句《あげく》の果てに、今までの坂よりも遥《はる》かにキツい、急坂ともいえる上り坂が彼女に止《とど》めを刺した。

俺に迷惑をかけないよう頑張って上っていたシャーロットさんは、坂を上っている最中で力尽きたのだ。

……うん、浮かれる前に、この道が険しいことを伝えておかなければならなかった。

シャーロットさんに申し訳ないことをしてしまったな。

「その、大丈夫？　あんまりしんどいようなら一旦休もうか？」

かなり辛そうなので、俺は休憩《きゅうけい》を提案してみる。

「で、ですが……そうしてしまいますと、遅刻してしまいますので……。青柳君、エマと私を置いて先に行ってください……。私は後から行きますので……」

「そんなことできるわけないよ。もし何かあったら、どうするの？」

今の状態のシャーロットさんを置いていくと、脱水症状や熱中症などで命の危険になりかねない。

今は九月だといっても、ここ数年の気温は夏と変わらないため、危ないのだ。

「しかし、今日からテストが……」

「それは…………仕方ないよ。もし間に合わなかったら、それはそれだから」

「いえ……青柳君は……今から向かえば、間に合いますので……。私は、テストがありませんし……」

「ごめんね、シャーロットさん。もしここで君たちを置いていくと、俺は後悔《こうかい》するし、君が来るまでテストに集中できない。それよりも、少しの遅刻だったらテスト時間を減らされるだけで済むかもしれないから、このまま一緒に行かせてほしいんだ。これは俺の我儘《わがまま》なんだけど、聞いてもらえないかな？」

「あ、青柳君……。うぅ……本当にごめんなさい……」

シャーロットさんは泣きそうになりながら再度謝ってきた。

彼女は優しいため、俺に迷惑をかけているこの状況が辛いのだろう。

本音を言うと、まさか登校するだけでこのような事態になるなんて一ミリも考えてなかったし、正直テスト日に遅刻するのは凄《すご》くまずい。

しかし、なってしまったものは仕方がないし、この道で登校することを最終的に決めたのは俺だ。

だから、彼女に責任はなく、この道が険しいことを伝えてなかったり、テスト日なのに時間が危なくなる道で行くことを決めた、俺が悪いのだ。

「気にしなくていいからさ、俺にもう少し体重を預けてくれるかな？　そうしたら、シャーロットさんは楽になるだろうから、歩く速度を上げられるよ。後は、何か楽しい話をしよう」

俺はシャーロットさんが気にしないよう明るく努めながら、笑顔で話しかけ続ける。

「そうだ、シャーロットさんが好きな漫画の話を聞かせてよ」

そして、彼女の好きな話題なら気も紛《まぎ》れるのではないかと思い、試しに尋ねてみた。

「でも、青柳君は興味が……」

「興味がなかったとしても、シャーロットさんの好きなものなんだから、教えてもらえたら嬉しいよ」

「えっ!?　そ、それって……!」

俺が思っていることを伝えると、先程まで意識が朦朧《もうろう》としていたのが嘘だったかのように、シャーロットさんは大きく驚いた。

それにより、俺の腕の中で寝ているエマちゃんが身をよじり、険しい表情を浮かべる。

しかしまだ眠りが深いのか、再度すぅすぅとかわいい寝息を立て始めた。

エマちゃんが穏やかな寝息を立てているのを確認した俺は、視線をシャーロットさんへと戻す。

すると、なぜか彼女の顔は真っ赤に染まっており、パクパクと口が動いていた。

「ど、どうしたの?」

「だ、だって、い、今の言葉は……」

「今の言葉?　――あっ」

自分の言葉を思い返した俺は、今更とんでもないことを言っていたことに気が付いた。

しまった……これだと、シャーロットさんに好意があると言っているもんじゃないか。

だからシャーロットさんも、俺から飛びのいてしまったんだろう。

「ご、ごめん、他意はないんだ、他意は」

本当は、シャーロットさんへの好意は溢《あふ》れかえるほどにあるけれど、先程の発言にはそんな邪《よこしま》な気持ちはなかった。

純粋に、彼女の好きな話なら嬉しいという意味だけあったのだ。

だから俺はそうアピールしたのだけど、今度はなぜか彼女はシュンとしてしまう。

「…………」

「ど、どうしたの？」

「いえ、なんでもないです……」

うん、明らかに何かある。

そうはわかるものの、先程の発言の何が彼女をこんなふうにしたのかがわからず、俺は一歩踏み込むことができない。

そうしていると、彼女はニコッと笑みを俺に向けてきた。

意外と、元気残ってるな……と思ったのは、内緒だ。

「私、漫画のお話になると、暴走してしまうかもしれませんよ？」

そう言う彼女は、小さく舌を出してウィンクをするという、お茶目な一面を見せてくれた。

おそらく、彼女も空気を変えようとしてくれたのだろう。

そんな彼女を見た俺は、シャーロットさんのお茶目な一面にあっさりと心を摑《つか》まれてしまうのだった。

結局その後は、やっぱり一人で歩くのがしんどかったシャーロットさんが、再び俺の腕に抱きついてきて、そのまま漫画の話をしながら保育園へと向かった。

この状態のシャーロットさんにエマちゃんを持たせるのは不安だったので、俺も保育園の入り口付近までは行くことにする。

途中からは下り坂になったので、シャーロットさんも少しは楽そうに見えた。

保育園に着くと、シャーロットさんがエマちゃんを抱きかかえて保育園へと入っていく。

すると、少しして、保育園で目を覚ましたエマちゃんの泣き声が聞こえてきた。

やはり保育園で目が覚めたから、エマちゃんは暴れているようだ。

――だけど、その泣き声は意外と早く収まり、若干《じゃっかん》疲れた表情を浮かべるシャーロットさんが俺の元へと戻ってきた。

「お疲れ様。大丈夫？」

「はい……お待たせしてしまって、申し訳ございません」

声をかけると、シャーロットさんは困ったように笑って、謝ってきた。

疲れているはずなのに、気遣いを欠かさないところが凄い。

「いや、気にするほどでもないよ」

俺はシャーロットさんが気にしないよう笑顔を彼女に向けた。

すると、彼女はチラッと俺の顔を見上げ、スゥッと俺の腕に抱きついてくる。

若干顔色を窺《うかが》ってくるなんて、本当にかわいくて仕方がない人だ。

俺はドキドキしていることがバレないよう、ポーカーフェイスを意識して口を開く。

「それで、エマちゃんは大丈夫だった？」

早めに泣き声は収まったとはいえ、エマちゃんの泣き声が聞こえてきたのが気になった俺は、若干早足で歩きながらそのことを尋ねてみた。

シャーロットさんの体力は少し回復しているようなので、これなら学校も間に合いそうだ。

「青柳君と一緒に行くことを楽しみにしていたようで、起きたら保育園だったことにかなり怒っていました」

「あぁ……俺が着替え終わったら、起こしてもらえると思っていたのかな？」

「おそらく……。ただ、クレアちゃんが見ていることに気が付くと、途端におとなしくなったんです」

「えっ、そうなんだ？　だから、思ったよりも泣き声が収まるのが早かったんだね」

「はい。おそらく同じ年齢の友達に、泣いていたり暴れたりしているところを見られるのが、恥ずかしかったんだと思います」

「幼くても、見栄《みえ》はあるんだね」

「そうみたいですね。あの子はああ見えてとても賢いので、普通の子よりもその気が強いのかもしれません」

その割には凄く甘えん坊なのだけど、野暮《やぼ》なことは言わないほうがいいだろう。

エマちゃんが賢いことに関しては、同感だしな。

あの子はあの歳《とし》で言葉をよく知っている。

シャーロットさんとよく一緒にアニメを見ているらしいから、それで言葉を覚えているんだろうけど、それにしてもよく覚えられるな、と思うレベルだ。

それに、母国語である英語なら、問題なく文字も書けるらしい。

さすが、シャーロットさんの妹だ。

「これなら、明日からもそこまで心配しなくていいのかもしれないね」

保育園さえ連れていけば、後は友達効果でおとなしくなる。

それだけ分かれば、エマちゃんを保育園に連れていくのは苦労しなさそうだった。

「そうですね」

俺の言葉に対し、シャーロットさんはニコッと笑みを返してくれた。

俺たちはそのまま無言になり、二人だけの空間を噛《か》みしめるように学校へと向かう。

――とはいっても、ここから学校までの距離は結構近いし、少し行けば通学する生徒が多くなってしまうのだけど。

だから俺たちは約束通り、通学する生徒が多くなるところから別々に行動をした。

シャーロットさんを先に行かせると、寂しそうな表情をしたのが気になったけれど、こればかりは仕方がない。

不本意にバレるならまだしも、自分たちでリスクを上げてバレるのでは、間抜け以外の何者でもないからな。

なるべく、彼女に負担はかけたくないのだ。

俺はそんなことを考えながら、怪しまれない程度にシャーロットさんと距離を取り、学校を目指すのだった。

◆

『あ～ん』

シャーロットさんと一緒に登校した日の夜、俺の膝の上でエマちゃんは小さな口を目一杯広げていた。

俺はエマちゃんのかわいさに癒《いや》されながらも、スプーンで掬《すく》ったプリンを彼女の口に入れる。

口の中にスプーンが入った瞬間、エマちゃんはパクッと勢いよく口を閉ざした。

そして、ハムハムとプリンを噛み、ゴクンッと飲みこんだ。

甘くておいしいのだろう。

エマちゃんの口元は満足そうに緩《ゆる》んでいた。

うん、エマちゃんは本当にかわいい子だ。

ずっとおやつを食べさせて、このかわいい笑顔を眺めていたい。

俺はエマちゃんの笑顔を見つめながら、優しく頭を撫《な》でた。

それだけで、エマちゃんは嬉しそうに頭を手に押し付けてくる。

最近このひとときが一番の癒しの時間だ。

永遠に、この時間が続けばいいのに――と思うくらいに。

しかし――。

『エマばかり、ずるいです……』

エマちゃんに食べさせたり、頭を撫でるという動作を繰り返していると、向かい側の席に座っていたシャーロットさんが何かを呟《つぶや》いた。

見れば、なぜか頬《ほお》を膨《ふく》らませている。

この前もそうだったけど、俺、知らない間に何かしただろうか……？

『えっと、どうかした……？』

『えっ？　あっ――』

前と似たような感じでおそるおそる声を掛けてみると、シャーロットさんはハッとした表情を浮かべた。

そのまま困ったように周りを見回し始めたと思ったら、目的のものが見つからなかったのか、ソーッと俺の顔色を窺ってくる。

『あの、大丈夫……？』

『だ、大丈夫です！　その……少し考え事をしていただけですので！』

『何か困り事があるなら、相談に乗るけど？』

『い、いえいえ！　青柳君に相談に乗って頂くほどではないですので！』

俺の言葉に対して、必死に否定をするシャーロットさん。

見るからに何かありそうだが、そこまで拒絶されると踏み込むこともできない。

『んっ……』

どうしようか悩んでいると、腕の中にいるエマちゃんが急に身じろぎをした。

少しだけ抱き締めている力を緩めてあげると、エマちゃんは俺の手からスプーンをとり、皿の上に置いているプリンを掬う。

そして――

『はい、ロッティー』

――シャーロットさんに、スプーンごとプリンを差し出した。

俺が先程してあげた、あーんをシャーロットさんにしようとしているみたいだ。

俺とシャーロットさんが不思議そうに首を傾《かし》げると、エマちゃんはニコッと笑って口を開く。

『ロッティーも、たべる。あ～ん』

どうやらエマちゃんは、シャーロットさんがプリンをほしがっていると思ったみたいだ。

多分、プリンをほしがったわけじゃないと思うけれど、妹の厚意を無下《むげ》にできるはずもなく、シャーロットさんは行為を受け入れた。

食べる際に、恥ずかしそうに俺の顔をチラ見していたのが、凄《すご》くかわいい。

『おいしい？』

食べてもらえたエマちゃんは、嬉しそうにシャーロットさんに感想を求める。

『うん、おいしいよ。ありがとう、エマ』

『えへへ』

シャーロットさんがお礼を言ってエマちゃんの頭を撫でると、エマちゃんはとても嬉しそうに笑った。

ベネット姉妹の微笑《ほほえ》ましいやりとりを見ていると、心が綺麗《きれい》になりそうだ。

もう俺は、シャーロットさんが何を誤魔化《ごまか》したのかどうでもよくなるのだった。

第三章 「美少女留学生はかまわれたい」

「お、終わった……」

テスト最終日――ホームルームが終わると、後ろの席に座る彰《あきら》が机へと突っ伏した。

テストが終わった解放感により、クラスのみんなが各々《おのおの》でこの後の予定について盛り上がっている中、一人だけ負のオーラを全開に出して顔を上げようとしない。

なんだか見ていて痛々しかった。

「なぁ彰。その終わったって、どっちの意味だ？　テストが終わったって意味だよな？」

「聞かないでくれ……」

一応尋ねてみたのだが、反応から察するにどうやらテストの結果がやばいという意味の、《終わった》だったようだ。

テスト対策のノートは渡しているから、赤点はほとんどないと思うが……もし、全教科赤点とかだったら、洒落《しゃれ》にならないな。

テスト結果が返ってくるまで、きっと彰は気が気でないだろう。

……ちょうどいいのかもしれないな。

どうせ今更テスト結果に頭を悩ませても、結果自体はどうしようもないのだ。

それだったらせめてでも気持ちを切り替えて、テストが返ってくるまでの間はテストのことなんて忘れさせせたほうがいい。

人は楽しい時に一番、嫌なことを忘れられるものだしな。

それに、彰にはやってもらわなければならないことがある。

「彰、突っ伏しているのはいいが、何か忘れていないか？」

「ん？　今日って何か用事あったたっけ……？」

「おいおい……約束してただろ？　テストが終わったらやろうって」

「……あっ、そうだった！」

少しの間、机に突っ伏した状態で考え事をしていた彰は、俺が言いたいことを理解するとガバッと勢いよく顔を上げた。

どうやら思い出したようだ。

「みんな！　何勝手に約束してるんだよ！　今日何をするのか忘れたのか!?」

彰は慌てたように椅子《いす》から立ち上がると、クラスメイトみんなに大声で呼びかけた。

忘れていた張本人《ちょうほんにん》がそれを言うのかよ、と思いつつも、俺は黙って彰の次の言葉を待つ。

「やっとテストが終わったんだ！　みんなでシャーロットさんの歓迎会をやろうぜ！」

――そう、俺が延期にさせたのだが、テストが終われば打ち上げも兼ねてシャーロットさんの歓迎会をすることになっていた。

「もちろん、覚えてるよ！」

「てか、西園寺《さいおんじ》君が忘れてたんじゃない？」

「ば、馬鹿！　そんなことあるか、あはは！」

女子たちにツッコまれて、彰は乾いた笑みを浮かべた。

うん、席近いし、完全に聞かれていたな。

「でも、場所はどうするの？　大人数入れるところなんて、急にはとれないんじゃ……」

「あっ、それは……」

クラスメイトの一人がしたごく当たり前の質問に、彰は困ったような表情を浮かべた。

場所については一切考えてなかったのだろう。

困った彰は、縋《すが》るような目を俺に向けてきた。

「あぁ、その点については美優《みゆ》先生に――」

「呼んだか？」

「……あの、急に現れるのはやめてくれませんか？　心臓に悪いです」

彰にだけ聞こえるよう小声で名前を出した途端、背後に現れた美優先生。

そんな先生に、俺は苦笑交じりで思ったことを伝えた。

「はは、まぁ気にするな。それよりも、ちょっと廊下《ろうか》で話せるか？」

「場所の話ですか？」

「あぁ。ついでだ、西園寺もこい」

「ついで!?　相変わらず俺の扱い酷《ひど》すぎませんか!?」

そう文句を言いつつも、ちゃんとついてくる彰。

なんだかんだでまじめな奴なのだ。

「――結論から伝えると、友達のお店を貸し切りにしてもらえることになった」

廊下に出ると、美優先生は笑顔でそう教えてくれた。

先程の話の続きではあるが、予《あらかじ》め美優先生に、大勢が入れる店に関して相談をしていたのだ。

「それはよかったです。ただ……こんなギリギリだったってことは、お店側から渋られていましたか？」

お店の相談は、シャーロットさんと話をした頃からしていたものだ。

それなのに返事が今頃になったことで、俺は不安を抱いてしまう。

「いや、私がギリギリまで延ばしていたんだよ」

しかし、意外にも美優先生の答えは、俺の予想していたものとは違った。

「どうしてそんなことを？」

「他の生徒から、歓迎会を開くお店の候補が挙がることも考えられただろ？　そうなった場合、お前が私に気を遣いそうだったから、ギリギリまで待っていたんだ」

「それは、すみません……」

この人にはやっぱり頭が上がらないな。

俺はそう思いながら、彼女に謝った。

「気にしなくていい、私の判断でしただけだからな。それと、学生だけという話だから、割引も結構してくれるらしい」

「えっ、そんな……。貸し切りにまでして頂くのに……さすがに、それは悪いですよ……」

「いいんだよ、向こうから言ってくれてるんだから。それに、学生が気に入って友達連れで通うようになれば、お店の利益になる。そして、口コミ効果も期待しているから、持ちつ持たれつだ。もちろん、味に自信があるからこそ、できることだけどな」

美優先生はそう言うと、ウィンクをしてきた。

だから気にするな、ということだろう。

「美優先生……ありがとうございます」

「礼はいいさ。たまには生徒たちにもご褒美《ほうび》を与えないとな。じゃあ、私は職員室に戻るよ」

「あれ、美優先生は参加されないんですか？」

職員室に戻ろうとする美優先生に、俺は首を傾《かし》げながら尋ねる。

てっきり、参加するものだと思っていたのだが。

「今回は打ち上げも兼ねているんだろ？　私がいないほうが羽を伸ばせる生徒もいる。それに、教員の私はまだ仕事があるんだよ。だから、お前たちだけで楽しんでこい」

美優先生はそれだけ言うと、ヒラヒラと手を振りながら職員室へと帰ってしまった。

本当に、生徒想いで優しく、そしてかっこいい人だ。

この人が担任をしてくれていることは、数少ない幸運の一つだろう。

「——なぁ、明人《あきひと》。俺、いらなくなかったか……？」

美優先生に感謝をしていると、この場に呼ばれた意味をわかっていない彰が、不服そうに俺の顔を見てきた。

「みんなに説明をするのは俺じゃなく、彰だってことを美優先生もわかっているんだよ。だから、彰も呼んだんだ」

まぁ、友達のお店を使わせてもらえるかどうかの返答だったので、彰はついで扱いされたのだけど。

「とりあえず、みんなも待ちかねてるだろうから、教室に戻ろう」

「あぁ……」

なんだかいまいち納得がいってなさそうな彰だったけど、黙って一緒に教室に入った。

「ほら彰、みんなに説明を頼む」

「あぁ——みんな、美優先生の友達のお店を使わせてもらえるようになった。しかも、貸し切りらしい」

「おぉ！　それはいいな！」

「さすが西園寺君！　気が回るね！」

場所を確保したことで、クラス内での彰の株が上がる。

俺はそのことに満足し、お店に向かう準備をしようと彰から離れるのだが――。

「いや、美優先生に掛け合ってくれていたのは、明人だよ」

彰の思わぬ一言に、俺は驚いて振り返った。

「彰、お前何を……」

「別に、これくらいいいだろ。やってないのに褒《ほ》められると、バツが悪いんだ」

戸惑う俺に対し、彰はめんどくさそうな態度でそう答えた。

彰は俺がやっていることを理解していたので、今までこんなことはなかったのに……いったい、どういうつもりだ……？

「へぇ、青柳《あおやぎ》君って意外と気が利《き》くんだね……」

彰のせいというか、おかげというか――とりあえず、なんだか見直したような目で女子たちがこちらを見てくる。

こういうのは望んでいないので、本当に余計なことをしてくれたものだ。

「たまたま、美優先生と話してた時にその話になっただけだよ。それよりもほら、そろそろ移動しないと、折角《せっかく》準備してくれてるお店の人に悪いからさ」

俺はわざと無愛想な態度を取り、彰に視線を向ける。

すると、彰は俺の表情なんて気にした様子もなく、笑顔で口を開いた。

「あぁ、そうだな。どうする、みんなでまとまって行くか？」

「いや、この人数がまとまって行くのは、通行人の迷惑だ。何組かに分かれて、少し時間をずらして行ったほうがいいだろ」

「あぁ、そうだな！　じゃあみんな、五つのグループに分かれてくれ！」

彰の呼び掛けを合図に、みんな小さなグループを作り始める。

店の名前と場所、開始時間については、彰が作ったクラスのグループチャットを通じて、俺からみんなに共有をしておいた。

「じゃあ彰、お店の人への挨拶《あいさつ》があるから、俺たちは最初のグループで行こうか」

「そうだな。道案内は頼むよ、明人」

「あぁ」

俺と彰は鞄《かばん》を持つと、他に六人を連れて教室を出ようとする。

その際にシャーロットさんとすれ違ったが、彼女と何か言葉を交わすことはしなかった。

家では仲良くしていても、学校ではなるべく話をしない。

出会った頃にした約束を、彼女もきちんと守ってくれているのだ。

学校ではこれでいい。

下手《へた》に絡んで彼女との仲を知られることが、一番の問題なのだから。

とりあえず、何も問題はなさそうでよかった。

――この後、まるでそんなことを考えた俺をあざわらうかのように、向かったお店では思わぬ神様のいたずらが待ち受けているのだが、この時の俺には知る由《よし》もなかった。

◆

――なぜ、こうなった……？

お洒落《しゃれ》な喫茶店《きっさてん》で俺は、予想外の事態に、額に手を当てて天を仰《あお》いでいた。

というのも――現在俺が座っている席の右には、シャーロットさん。

左には長い前髪で目が隠れている巨乳の女の子。

そして、目の前に座るのも女子たちなのだ。

なんだ？

俺は知らない間に、ハーレムでも築こうとしていたのか？

一つのテーブルに女子五人、男子一人という状況に俺は今すぐ帰りたい気分だった。

何より、シャーロットさんと隣同士というのがまずい。

さすがに隣にいて話さないなんて無理があるし、話そうとすれば、時間が経つと二人とも家で会話をしているように話し始めてしまうだろう。

シャーロットさんがいるテーブルを争うことになりそうということで、席はくじアプリで決めたのだが……俺は、使わなくていいところで運を使ってしまったようだ。

「ねぇ、青柳君。誰か他の女の子に席を換わってもらう？　男子一人だといづらいよね？」

どうしようか困っていると、目の前に座っている女の子——清水有紗《しみずありさ》さんが、救いの手を伸ばしてくれた。

彼女は茶色に染めた髪を、片方の耳にかけているボブヘアーの女の子。

髪にはパーマも当てており、一見ギャルのように見えるが、実はこのクラスでトップクラスに空気が読める女の子だ。

だから、今回も俺に手を差し伸べてくれたのだろう。

まぁ俺はこの子に嫌われているから、ただ追い出したいだけかもしれないけど。

しかし、これは願ってもない提案なので、遠慮《えんりよ》なく乗らせてもらう。

——と、思ったのだけど……。

「ま、待ってください……！　平等にくじ引きで決めたのですから、あまりそういうのはやめたほうがよろしいかと……！　一人がそうしてしまうと、皆さん各々《おのおの》に席を交換してしまい、お店の方にもご迷惑をお掛けすると思うのです……！」

俺が清水さんの提案に乗ろうとすると、それよりも先にシャーロットさんがはねのけてしまった。

予想外の反応を示すシャーロットさんに対し、同じテーブルに座る女子たちは驚いてしまう。

だけど、今やクラスの人気者の言葉だからか、何かを納得したように反対側の席に座る女子たちが頷《うなず》き始めた。

清水さんは反対側の席で一人だけ頷いていなかったが、ジッとシャーロットさんを見つめた後、自己完結したかのように頷きながら笑顔で口を開く。

「うんうん、そうだね、シャーロットさんの言う通りだよ。席交換を認めたら絶対に男子たちがシャーロットさんの隣にこようとして、騒ぎ出すもんね。ごめんね、青柳君。男子一人だからって気にせず会話に入ってくれたらいいから、我慢してくれる？」

清水さんはシャーロットさんの言葉を肯定した後、俺に対して両手を合わせて上目遣いに聞いてきた。

こんな言い方をされたら、選択肢《せんたくし》なんてあってないようなものだ。

「いや、うん……そう、だね……。わかった……」

望みを絶たれた俺は、もう頷くことしかできなかった。

それに、今回はシャーロットさんが言っていることが正しい。

席交換が有効だと分かれば、男子たちがシャーロットさんの隣にこようと騒ぎ出すのは目に見えている。

ましてや他の女子たちはともかく、俺の左側に座る女の子はとても気が弱い子だ。

まともに他の生徒と話しているところを見たことがないし、話すことにも自信がないのか声量がめちゃくちゃ小さい。

そして、いつもおどおどとしている。

きっと男子に迫られれば、二つ返事で席を譲《ゆず》ってしまうだろう。

せっかくのシャーロットさんの歓迎会なのに、馬鹿騒ぎで潰すことはしたくない。

だから、我慢するしかないのだ。

「――ごめんなさい……」

俺が苦笑いを浮かべていると、シャーロットさんが申し訳なさそうに小さな声で謝ってきた。

彼女も嫌がらせのつもりで、俺をここに留めたわけではない。

きっと下手な騒ぎを起こさせないために、リスクの芽を摘《つ》んだだけだろう。

何も彼女が謝ることはないのだ。

「いや、いいよ。シャーロットさんの言ってることは正しいから」

「いえ、違うのです……これは、私の我《わ》が儘《まま》ですから……」

「我が儘……？　それって――」

「――ご注文は、どうなされますか？」

我が儘と発言した彼女に真意を尋ねようとすると、ウェイトレスのお姉さんが注文を取りに来てしまった。

どうやら他の席の生徒が呼んで注文をしてしまい、その流れで俺たちのところにも注文を取りに来たようだ。

待たせるのも悪いと思い、俺たちはメニューから各自好きなものを注文する。

一つ有り難いのは、このお店は喫茶店なのに飲み放題（お酒なし）があることだ。

聞いた話だと、学生もお客として狙っていきたくて、飲み放題を始めたらしい。

今回快《こころよ》く引き受けてくれたのも、俺たちがターゲット層に当てはまっていたからなのだ。

しかし、完全にシャーロットさんに聞くタイミングを逃してしまったな……。

「――シャーロットさん、乾杯の音頭《おんど》を取ってもらえるかな？」

飲みものが全員の手元に行き届くと、デレデレとした笑顔の彰がシャーロットさんに声をかけてきた。

本日の主役だし、シャーロットさんに音頭を取ってもらうのがいいと思ったんだろう。

そして、それを望む生徒たちも多いと思う。

だけど――。

「む、無理です……！　私、そういうのは得意ではないので……！」

お淑《しと》やかでおとなしい彼女に振るのは、些《いささ》か酷《こく》だろう。

シャーロットさんは顔を真っ赤にして、ブンブンと両手を顔の前で振ってしまった。

「彰、ここは彰が取りなよ。シャーロットさんには、改めて話してもらう時間を設けたらいいんじゃないかな？」

彰の場合食い下がる可能性があるので、俺はこれ以上困らせないように助け船を出した。

それにより、彰はハッとした表情を浮かべる。

「あ、あぁ、そうだな。ごめん、シャーロットさん。後でお願いするよ」

彰はそれだけ言うと、皆が座るテーブルの中心に移動した。

そして俺が言ったように、シャーロットさんの代わりに彼の音頭でみんなは乾杯をする。

「あ、ありがとうございました、青柳君……」

乾杯が終わると、シャーロットさんが顔を赤くしたままの状態でお礼を言ってきた。

そんな彼女に、俺は笑顔を返す。

「いや、こっちこそごめんね。ちゃんと段取り決めてなくて。ただ、みんなもシャーロットさんからの言葉が欲しいだろうし、後で軽く話してもらえるかな？」

「は、はい、もちろんです……！　青柳君は、本当に――」

「――へぇ」

シャーロットさんが何かを言おうとした時、その言葉を遮《さえぎ》るかのように感心するような声が聞こえてきた。

本人はそんなつもりで呟《つぶや》いたんじゃないだろうけど、俺たちの耳にはやけに印象的に聞こえてしまった。

「清水さん？」

「あっ、ごめんね。別に他意はないんだけど、シャーロットさんと青柳君って結構仲良かったんだね？　知らなかったよ」

清水さんは、ニコッと笑みを浮かべた後、何か意味ありげな視線を向けてきた。

空気を読めるということは、それだけ観察力に優れているということ。

俺たちの僅《わず》かなやりとりでも、表情や声のトーンから何か思うところがあったのかもしれない。

「クラスメイトだから、仲良くするのは普通じゃないかな？」

「うん、そうだね」

俺が首を傾《かし》げながら答えると、彼女はまた笑みを浮かべて頷いた。

今までは避けられていたはずだけど、今日は随分《ずいぶん》と絡んでくる子だ。

今の笑顔だって、全然そう思ってないというのが伝わってきた。

「――ねぇねぇ、それよりもさ、シャーロットさんって普段休みは何をしているの？」

俺のことなんてどうでもいいのか、清水さんの左側に座っている女子が、まるで尻尾《しっぽ》をブンブンと振っているかのような様子で、シャーロットさんへと質問を投げた。

普段、みんなに囲まれているシャーロットさんとはなかなかちゃんと話せないため、この機会が凄《すご》く嬉しいのだろう。

清水さんも俺から視線を外してシャーロットさんのことを見たので、俺も彼女から視線を逸《そ》らし、女子たちの会話をBGMに他のクラスメイトたちの様子を窺《うかが》った。

どうやら、主役のシャーロットさんがいなくても、女子は各々好きに話しているようだ。

逆に、男子のほとんどはこちらに耳を傾けている。

あわよくば女子たちの会話で、シャーロットさんの好きな人などの情報を得ようとしているのかもしれない。

俺がいる時点でその手の会話は望み薄なんだけど、あそこまで男子が必死になるくらいに、やはりシャーロットさんはモテるようだ。

今のこの席だって、換わってほしい男子は多いんだろうな。

――それから俺のテーブルは女子たちの会話でかなり盛り上がり始めるが、当然俺にその中へ入っていく度胸はない。

途中、シャーロットさんに挨拶《あいさつ》代わりのような話をみんなの前でやってもらったけれど、その後はまた俺のテーブルで質問ラッシュにあっている。

他のテーブルのほうはといえば、男子たちもどうやら会話を盗み聞きするのは諦めたようで、各々テストの打ち上げを始めてくれていた。

さすがに、食事中に席を立って歩き回るようなマナーの悪い生徒はいないようだ。

みんなシャーロットさんの元に来るのは諦めて、自分たちだけで楽しんでくれている。

しかし――一人だけ、この状況を楽しめていない子がいた。

「飲みもの、頼もうか？」

俺は、左側に座って両手の人差し指を合わせている女の子――東雲華凜《しののめかりん》さんへと、声をかけた。

「えっ、あっ、その……」

東雲さんは俺に声をかけられると思っていなかったのか、途端に挙動不審《きょどうふしん》になってしまった。

先程までは女子たちの会話に混ざりたかったのか、口を開いては閉じてを繰り返し、モジモジと体を揺すっていたのだけど、今はもう見ているのが可哀想《かわいそう》なほどに動揺《どうよう》している。

東雲さんの前に置かれているコップが、空《から》になっていることに気が付いたから尋ねたのだけど、失敗してしまったかもしれない。

でも、このまま放っておくわけにもいかず、俺は笑顔を作り、驚かせないようにソッとメニューを差し出す。

「慌てなくていいよ。どれがいいかな？」

「あっ…………んっと、これ……」

東雲さんは俺の顔を見上げた後、ゆっくりと自分が頼みたい飲みものを指さした。

その際に聞こえたのは、女の子にしても異常に高い声。

確か、アニメ声というのだったかな？

アニメは見ないが、とてもかわいい声だ。

「わかった、オレンジジュースだね。みんなはどうする？」

俺は東雲さんに頷いた後、同じテーブルの他の子にも聞いてみる。

「「「………」」」

しかし、反対側の席に座る三人は、なぜか驚いたように俺の顔を見つめていた。

「えっと、どうかした……？」

みんなに見つめられている理由がわからず、とりあえず尋ねてみる。

すると、テーブルを挟んで反対側に座っている女子たちは顔を見合わせ、その後真ん中に座っている清水さんが代表で口を開いた。

「青柳君、凄く優しい声を出すんだなぁって」

「優しい声？」

「うん、東雲さんに話しかけた時の声が、とても優しかった。あと、表情も」

女子の言葉に少し思い返してみるが、特段優しい声を出したつもりはない。

怯《おび》えさせないように気を付けようと思ったくらいなのだが、そんなに声や表情が変わっていたのだろうか？

俺が考え込んでいると、俺の右前に座る女子――桐山恵《きりやまけい》さんも、続けて口を開いた。

「それに、ちゃんと私たちにも気を遣ってくれてるから、なんだか意外だなぁって思った」

「何が意外なんだ？」

「青柳君って頭がいいからか、なんだか取っ付きづらいイメージがあったんだよね。まぁ口うるさいというか、嫌な奴って感じの発言が多いってこともあるけど」

容赦《ようしゃ》なく思っていることを言ってくる桐山さん。

なんだろう、俺は今責められているのだろうか？

「こらこら、あんたもっと言い方考えなさいよ」

さすがにまずいと思ったのか、清水さんは苦笑いをしながら、軽く桐山さんの頭を叩いた。

そして、俺に笑顔を向けて、口を開く。

「でもさ、やっぱり私たちから見ると、青柳君ってそういうイメージだったんだよね。だけど、さっきのを見てると、やっぱりいい人なのかな～って。思い返してみれば、青柳君の発言って私たちのためになることを言ってた気がするし」

「あっ、それ私も思った。言われた時は《何この人？》って思っちゃうんだけど、後で冷静になって考えてみると、青柳君の言ってることが正しかったのかなって思うよね」

「あ、後さ、ほら。この前のシャーロットさんを巡って男子と先輩が争ってた時のやつ！　あの時、青柳君戻ってきてすぐに場を収めちゃったし、今日も美優先生にお店のことをお願いしてたりとか、本当は凄いんだなぁって思った！」

いったいどうしたというのか。

今まで俺のことを毛嫌いしていた女子たちが、まるで手の平を返したかのように俺のことを正当化し始めた。

いくらなんでも、先程やった東雲さんとのやりとりだけでこうなるとは思えない。

それに、これは良くない方向に、俺の印象が変わってしまっている。

「いや、なんで急に俺のことをそう言い出したか知らないけど、買いかぶりすぎだな。周りの行動が馬鹿みたいに見えるから、つい口を挟んでしまっているだけなんだからさ」

俺がそう言った途端、清水さんを挟む女子二人の表情が一瞬にして、ムッとしたものに変わった。

これでいい。

俺のクラスでの立ち位置は、嫌われ者じゃなければならないのだから。

しかし――。

「シャーロットさんがさ、最近よく私たちに言うんだよね。青柳君が言っていることを、もっとよく考えてみてください。青柳君は、いたずらに人を傷つけるような人ではありませんよってね」

「えっ……？」

一人表情を変えなかった清水さんの思わぬ言葉に、俺は右に座っているシャーロットさんへと視線を向けた。

するると、彼女は青ざめた顔色で、バツが悪そうに俺の顔を見上げてくる。

どうやら清水さんが言った通り、シャーロットさんは前にした俺との約束を破って、裏で清水さんたちに余計なことを吹き込んでいたようだ。

俺のやり方は理解してもらったはずだけど、どうして俺がしてきたことを無駄にするようなことをしたのか。

――おそらく、シャーロットさんのことを何も知らなければ、俺は彼女を問い詰めていただろう。

しかし、今はもうシャーロットさんがどういう女の子かを知っている。

彼女は、優しくて思慮《しりょ》深い女の子だ。

そんな彼女が裏で動いていたのは、俺がやっていることが間違っていると思っているのか、もしくは俺の気持ちを無視してでも、俺のことを気遣って動いてくれていたかのどちらか――

もしくは、両方だろう。

だから、俺は彼女のことを責めるつもりはないし、責める権利もない。

シャーロットさんがどう感じてどう動こうが、それは彼女の自由なのだから。

「シャーロットさん、そんな顔をしないで。責めたりしないし、怒ってもいないから」

「本当に、ですか……？」

「もちろんだよ」

「でも、私は青柳君との約束を……」

「気にしなくていいから。あれは、約束じゃなくて押しつけだよ。だから、シャーロットさんに守る義務なんてないし、気にしなくていいんだ」

本当は約束だったけれど、俺が強引に認めさせたのは間違いない。

ここは、彼女が約束を破ったわけではない、というようにして押し進めることにした。

「青柳君……ありがとう、ございます……。それと、ごめんなさい……」

「謝られる謂《いわ》れはないし、お礼を言われる謂れもないよ。むしろ、俺のほうこそありがとう」

俺はそれだけ彼女に伝えると、ここからは長くなりそうなので先に東雲さんの注文だけをして、物言いたげな目で見ている女子たちのほうを見た。

「どうかした？」

「えっと……さっき有紗ちゃんが言っていたけど、やっぱり二人って仲いいよね？」

「うん、クラスじゃ全然話さないのに、明らかに他の男子たちと青柳君では、シャーロットさんの表情が違う」

「てか、そもそもシャーロットさんが、青柳君のことを庇《かば》ってたのがおかしいよね？」

さて、どうしたものか。

シャーロットさんとの関係を疑われるよりも、シャーロットさんを傷つけないことを優先する必要があったからそう対応したけど、関心を持った女子たちを躱《かわ》すのはそう容易《たやす》いものではない。

目の前に座る清水さんはまだ口を閉ざしているけれど、その両脇に座る女子たちは完全に俺たちの関係を疑っていた。

下手《へた》な発言は致命傷だな。

彰、このタイミングで突入してきてくれないだろうか？

彰が入ってくればあいつのノリでどうにか凌《しの》げると思う俺だが、当然こんな都合よく彰が登場することはない。

しかし、思わぬところから、また救いの手が伸びてきた。

「そう？　シャーロットさんって優しいからさ、誰かが悪口言われたら庇うと思うよ？　ましてや、青柳君が言ってることは正しかったんだから、賢いシャーロットさんならそこに気が付いて、私たちに教えようとすると思うけど？」

そう発したのは、一番最初に俺たちのことを仲良しだと言った、清水さんだった。

彼女がこんな発言をするなど誰も思っておらず、両脇の二人は不満そうに清水さんを見る。

「え〜！　最初に言い出したの、有紗ちゃんだよ？」

「そうそう、なんで今度は否定するの？」

二人が不満に思うのはもっともだ。

二人からすれば、手の平返しされたようなものだろう。

「確かに、私は二人が仲いいな、とは思ったけど、それはクラスで話してない割にはって意味だよ？　でも、二人が考えてるのって、それ以上の関係ってことでしょ？」

清水さんはテーブルに肘をつき、まるで呆《あき》れているかのような表情で首を傾《かし》げた。

「そ、それはそうだけど……でも、シャーロットさんの態度の違い……」

「青柳君って他の男子に比べて全然ガツガツしてないし、そういうところがシャーロットさんも安心できるんじゃないかな？　私たちだって、グイグイくる男子より、興味なさそうな男子のほうが話しやすいでしょ？」

「た、確かに、それは……」

「まぁ、そうだよね……。それに、青柳君がシャーロットさんに釣り合うとは思えないし……」

最後の一言は若干《じゃっかん》俺の心を抉《えぐ》ったけれど、どうやら彼女たちは清水さんの言葉に納得したようだ。

さすがに、シャーロットさんが来るまで女子たちの中心だった女の子は違うな。

周りをまとめるのが上手《じょうず》だ。

俺とは考え方が真逆のような女の子だけど、今は彼女の存在がとても有り難かった。

まぁ彼女は、シャーロットさんが特定の男子と仲がいいなんて情報が流れたら、クラスの雰《ふん》囲気《いき》が一気に悪くなるからそれを避けたかったのだろうけど。

「ごめんね、青柳君。この子たちも悪気があったわけじゃないし、青柳君も騒がれるのは嫌だろうから、この話題はこの辺で――」

「――あれ？　でもさ、青柳君って一年の頃――入学当初だけど、話題になってたよね？」

このまま清水さんに任せていれば、何事もなく別の話題に移るだろう。

そう思っていたのだが――先程俺の心を抉った桐山さんが、ふと思い出したかのような態度で、この場に全く関係がない話題を口にした。

それも、俺が一番触れてほしくなかった話題を。

昔から空気が読めない女の子だとは思っていたけれど、まさかここまで空気が読めない子だとは思わなかった。

おかげで、その騒ぎを知らないシャーロットさんと、おそらくなんのことか思い至ってない東雲さん以外の、声が届く範囲にいる全員が、硬直したかのように体を固めてしまっている。

「あの、皆さんどうされたのですか……？」

当然、シャーロットさんがこの状況に疑問を持たないはずがない。

彼女は困惑したように俺の顔を見てきたが、現在俺はそれどころではなかった。

すると――。

「あ、あはは、やだなぁ、もう」

シャーロットさんの声で我に返った清水さんが、笑顔を作りながら桐山さんの背中を軽く叩いた。

「一年前のことなんて、急に持ち出さないでよ。もう誰もあんなこと覚えてないよ？」

「そ、そうそう、有紗ちゃんの言う通りだよ。そのことは、美優先生に今後絶対に話題にするなって——」

「梓《あずさ》！」

清水さんに同調しようとした女子——俺の左前に座っている、荒澤《あらさわ》梓さんが口を滑らせたことで、清水さんが咄嗟《とっさ》に大声で彼女の名前を呼んだ。

それにより、他のテーブルの生徒たちの視線までこちらに向いてしまう。

「ご、ごめん……」

清水さんがこうも取り乱すのは初めてで、怒鳴られた荒澤さんは涙目になってしまった。

「あっ、いや……うぅん、私こそ怒鳴ってごめん。だからそんな泣きそうな顔をしないで」

そんな彼女のことを、清水さんは優しく慰める。

しかし、肝心《かんじん》の桐山さんはキョトンとした表情で、首をかしげていた。

今のやりとりでわかっていないなんて、この子の天然具合は想像以上にやばかったようだ。

「なんで、二人ともそんなに慌ててるの？」

「あんたまじ!?　本当にわかってないの!?」

さすがの清水さんも、桐山さんの反応には驚きを隠せないようだ。

ここまで驚く彼女は初めて見た。

「えっ、だって……青柳君が、中学時代に全国大会に出たことがあるって噂《うわさ》だよ？　ほら、青柳君も西園寺君と同じ中学で、西園寺君と凄《すご》く仲がいいから。なんで、この話が駄目なの？」

「あっ、なんだ、そっちの話か……」

桐山さんの口から出た言葉に、清水さんは気が抜けたような表情を浮かべた。

そして俺も、少しホッとしてしまう。

だけど結局、この話もあの話に繋《つな》がってしまうことだ。

なるべく早く、この話は終わらせたい。

「それ一年生の時も聞かれたけど、俺は全国大会には出てないよ」

「でも、それって普通に考えるとおかしくない？　だって、青柳君もサッカー部だったんでしょ？　だったら、西園寺君が全国に出ている以上――」

「はい、その話はやめやめ！　青柳君が否定してるんだから、それが真実でしょ？」

桐山さんが、不思議そうに首を傾げながら更に話を掘り下げようとすると、清水さんが両手をパンパンッと叩いて話を終わらせた。

「でも、有紗ちゃん……！」

「――あんたさ、いい加減空気読みなよ？　まぁ多分、箝口令《かんこうれい》がすぐに敷かれたから知らないんだろうけど、あんたが今しようとしている話、触れたら駄目なものだから。美優先生に叱《しか》られるだけじゃすまない目に遭《あ》わされるわよ？」

今、清水さんが桐山さんの耳元に口を寄せて、いったい何を言ったのかはわからない。

しかし、清水さんが何かを言っている間、桐山さんの顔色は段々と青くなっていった。

まぁおそらく、美優先生のことを持ちだしたんだろうけど……。

あの話を今この学校で誰も口にしないのは、美優先生が早々に口止めをしてくれたからだ。

俺が彼女に自分から関わるようになったのも、このことがキッカケになる。

「ご、ごめん、青柳君……。もう言わないから、美優先生に告げ口だけは……」

「うん、しないから大丈夫」

「あ、ありがと……！」

あまりにも怯《おび》えて可哀想《かわいそう》だったので笑顔を返すと、桐山さんの表情はパァーッと明るくなった。

普段生徒想いで優しい美優先生だが、キレさせるとこの学校で一番恐ろしいということを、一年生以外のほとんどが知っている。

桐山さんは俺の話を知らなかったようだから、美優先生の恐ろしさは体験していないだろうが、この様子だと身を以《もっ》て知った体験者から聞いていたようだ。

「それよりもさ、折角《せっかく》のシャーロットさんの歓迎会なんだし、楽しい話をしようよ。シャーロットさんは主役なんだから、特別に別のテーブルに行ってくれてもいいからね？」

ここは無理矢理にでも明るい空気にしないといけないと思った俺は、申し訳ないと思いつつも、シャーロットさんの歓迎会のことを出汁《だし》にさせてもらった。

ただ、このテーブルの空気は悪くなっているため、シャーロットさんには別のテーブルで楽しく過ごしてもらいたい。

そういう思いもあって提案をしたのだけど、シャーロットさんは首を左右に振ってしまった。

「いえ、私はここがいいです」

他人を優先する彼女なら、そう答えても不思議ではなかった。

ここで自分が抜けてしまったら、更にこのテーブルの空気が悪くなってしまう、と懸念《けねん》しているのだろう。

「でも、主役が来てくれないと、他のテーブルの人たちは寂しがっているかもしれないよ？」

俺は卑怯《ひきょう》だとわかりつつも、シャーロットさんの性格を利用して他人のことを持ちだす。

それにより、彼女の瞳は一瞬大きく揺れた。

しかし、すぐにでも移動するかと思った彼女は、立ち上がるどころか俯《うつむ》いてしまい、一切動こうとはしない。

「シャーロットさん？」

「……私、嫌ですよ？　この席を、離れたくないです……」

心配になって声をかけると、彼女は顔を上げて強い意志が込められた瞳で、俺の顔を見つめてきた。

それは、他人のことを優先して考える彼女にしては、珍しい発言。

彼女は今、他人ではなく自分の気持ちを優先している、と俺に告げていた。

言葉だけならまだしも、この瞳からは嘘を感じない。

おそらく、本心なのだろう。

どうやら、俺のはただの余計な気遣いだったようだ。

「そっか、ならここで楽しんでくれたら嬉しいよ」

シャーロットさんの気持ち以上に優先するものはない。

今の俺の考えはそれなので、当然ここも彼女の気持ちを優先させた。

「あっ、はい……！」

シャーロットさんは俺の言葉に嬉しそうに頷《うなず》くと、ご機嫌な様子でストローを吸い始める。

それにより、コップの中からストローを通ってミルクティーがシャーロットさんの口に入り、おいしいのかシャーロットさんの口元は少し緩《ゆる》んだ。

先程までギスギスしていたが、彼女の笑顔には凄く癒《いや》される。

ここが喫茶店《きっさてん》ではなく、俺の家だったらどれだけよかったか。

いつの間にか目も合わせてもらえるようになっているし、できれば二人だけで話したかった。

「………」

しかし、当然そんな望みが叶うはずもない。

清水さんに見つめられていることに気が付いている俺は、シャーロットさんから視線を逸《そ》らして、今度は東雲さんに視線を向けた。

「東雲さんって、オレンジジュースが好きなの？」

反対側の席に座る三人に話しかける気にならなかった俺は、一番無難な東雲さんへと質問を投げてみた。

しかし、飲んでいるタイミングで声をかけてしまったので、彼女は驚いて咳《せ》き込み始めた。

どうやらジュースが気管に入ってしまったようだ。

「だ、大丈夫……？」

俺は彼女の小さな背中を優しくさすりながら、もう片方の手で彼女の姿勢を前傾にさせる。

そして彼女が落ち着くのを待ち、落ち着いたところでもう一度声をかけた。

「咳は止まった？」

――コクコク。

俺の質問に対し、東雲さんは一生懸命首を縦に振って、止まったことを教えてくれた。

「だったら、今度は大きく深呼吸をしてみようか？　気管に入った時は、咳が止まった後に深呼吸をするのがいいらしいから」

東雲さんはおとなしい見た目の通り素直なようで、俺の言うことを聞いて深呼吸を始めた。

その際に、彼女のグラビアアイドル並に大きな胸が更に膨《ふく》らんだのだけど、当然見てはいけないものなので俺は慌てて視線を逸らした。

「……狙った？」

「狙わない！」

視線を逸らした先で清水さんと目が合うと、彼女が意地悪そうにニヤニヤと質問をしてきたので、俺はほぼ反射的にそれを否定する。

絶対にわかっていてわざと聞いたやつだ、これは。

「むぅ……」

「――っ!?」

そうしていると、何やらシャーロットさんが頬《ほお》を膨らませて物言いたげな目を俺に向けてきた。

そして、テーブルの下では俺の服の袖《そで》を握ってきている。

これは、あれか？

女の子の胸を見たことで責められているのか？

シャーロットさん、俺わざとじゃないんですが……。

「あ、あの、これはまずいというか、誰かに見られたら誤解されるから……」

「青柳君は、大きいのがお好きなようですね……？」

「ま、待って!?　誤解！　それ凄く誤解だから……！　てか、その話題も危険だから……！」

ジト目を向けてきたシャーロットさんに対し、俺は小声で必死に否定をする。

ここで一番誰に勘違いをされるのが困るのか。

そんなの、シャーロットさんに決まっている。

だから、彼女が勘違いするのだけは、全力で阻止《そし》したかった。

「青柳君、必死になりすぎると、逆に怪しいよ？」

「清水さん、これ以上火に油を注ぐのはやめてくれ！　ただでさえ、女子の中に一人だけ混じっているんだから、そういう話題は困る……！」

「あぁ、はいはい。そうだね、いじわるはこの辺にしておこっか」

俺が本気で焦っていることを理解してもらえたのか、彼女は笑みを浮かべたまま俺から視線を外した。

よかった、この状況で彼女が更に変なことを言えば、シャーロットさんに軽蔑《けいべつ》されたかもしれないからな。

唯一の救いは、話題の中心になった東雲さんがキョトンとしていることか。

この子は多分、この中で一番純粋なのだろう。

話題にピンときていないようだった。

──てか、東雲さん、また寂しそうにしてる……。

「東雲さんって、何が好きなの？」

なんだか放っておくのは可哀想《かわいそう》だと思った俺は、もう一度東雲さんに話しかけてみた。

不思議だけど、この子はなんだか放っておけない雰囲気《ふんいき》がある。

「え、えっと…………ぬい、ぐるみ……」

東雲さんは、おどおどとしながら消え入りそうなほどに小さな声で、自分の好きなものを教えてくれた。

意外──でもないのか。

女の子らしいとてもかわいい趣味だ。

「どんなぬいぐるみが好きなの？」

「えっ……？」

どうにか話を広げようと少し掘り下げてみると、東雲さんが驚いたような声を出して俺の顔を見上げてきた。

いったいどうしたのだろうか？

前髪で目が見えないから、表情がわかりづらい。

「ばかに……しないの……？」

「なんで？」

「だって……子供っぽい、趣味……」

もしかして、誰かに馬鹿にされたことがあるのだろうか？

俺は、人の趣味を他人がとやかく言うのは好きじゃない。

好きなものがあるのなら、他人の目を気にせず好きなままでいればいいと思う。

「世の中には、大人になってもぬいぐるみが好きな人はたくさんいるんだから、気にしなくてもいいと思うよ。ぬいぐるみ、かわいいよね」

「あ、青柳君も、ぬいぐるみ好き……？」

「そうだね……うん、好きだよ」

「――っ！」

俺が頷くと、かすかに漏《も》れた声から東雲さんが喜んだのがわかった。

正直言うと、ぬいぐるみなんて一つも持っていないんだが、かわいいぬいぐるみはかわいいと思うので、嘘はついていない。

好きか嫌いかで聞かれれば、好きの部類に入るしな。

「これ、どう……？」

そう言って東雲さんが見せてきたスマートフォンの画面には、小さな女の子をモチーフにしたお人形の画像があった。

このキャラどこかで見たことが……あぁ、そうか。

最近よくCMなどで見かける、アニメのキャラクターだ。

画像からでもとても繊細《せんさい》に縫《ぬ》ってあるのがわかるが――いや、逆にあまりの手の込みようによって、これは手作りなんじゃないだろうかという疑問が頭に浮かぶ。

「これ、もしかして自分で作ったの？」

気になった部分を聞いてみると、東雲さんはコクコクと一生懸命に頷いた。

どこか得意げにも見える。

「凄《すご》いね、とても上手《じょうず》じゃないか」

「えへへ……」

褒《ほ》めてあげると、東雲さんは嬉しそうに笑い声を漏らした。

今までまともに話したことがなかったけれど、この子は好きな話題になれば表情豊かになってよく喋《しゃべ》れる子なのかもしれない。

話すのはマイペースなため、少し話すペースを落とす必要はあるが、ただそれだけだ。

――クイクイ。

嬉しそうにする東雲さんを見つめていると、なぜか急に服の袖がシャーロットさんの手によって引っ張られた。

反射的に視線を向けてみると、どこか寂しそうな表情でジィーッと俺の顔を見つめている。

てっきりシャーロットさんは、また目の前の女子たちの会話に混ざると思っていたのに、どうやら混ざらずに俺たちの会話に耳を傾けていたようだ。

そして、一人だけ話の輪に入れず、寂しかったのかもしれない。

たくっ……シャーロットさんが主役だっていうのに、俺は何をしているのか……。

俺たちの関係を周りに知られることは避けたいのだが、シャーロットさんに寂しい思いをさせるのはよくない。

特に今日は、シャーロットさんの歓迎会なのだから。

「シャーロットさん、もうクラスには馴染《なじ》めた？」

「あっ――はい……！　皆さんとてもお優しいので、すぐに馴染むことができました……！」

俺が話し掛けると、シャーロットさんはとても嬉しそうに目を輝かせながら答えてくれた。

いったいどれだけ寂しかったんだ、この子は……。

「それならよかったよ」

――クイクイ。

「おっと……」

シャーロットさんに笑顔を返していると、今度は東雲さんに服の袖を引っ張られた。

これ、忙しいな……。

「どうしたの？」

「こ、これもね……私が、作ったんだよ……？」

そう言って東雲さんが見せてくれたのは、猫のぬいぐるみの画像だった。

本物の猫を模しているのではなく、猫の特徴を捉えたかわいらしいぬいぐるみだ。

クオリティーも高く、彼女の裁縫《さいほう》技術が高いことがわかる。

今まで話せる友達がいなかったから、見てほしいという感じなんだろうな。

「凄いね、猫が好きなの？」

「う、うん。猫ちゃんかわいいから好き」

「そうなんだ。俺も、猫が好きだよ」

「──っ!?　お、同じ……！」

好みが同じだったのが嬉しかったのか、東雲さんはかわいらしく頬を緩《ゆる》めた。

なんだろう、子供──いや、エマちゃんを相手にしているかのような感じだ。

同級生というよりも、妹のように見えてしまう。

「むぅ……」

「──っ!?」

な、なんだ!?

また、シャーロットさんが頬を膨らませてるんだけど!?

「ど、どうしたの……？」

「青柳君は、いじわるです……」

何が⁉

俺、何もしてないよね⁉

「ふ、不満があったの？　ごめんね？」

「不満というか……私も、相手をしてほしいです……」

「――っ⁉」

思わぬ一言に、俺は心臓が飛び出そうなほどに鼓動が高鳴った。

シャーロットさんは手で自身の髪を耳にかけ、拗《す》ねた表情のまま上目遣いに俺の顔を見つめてくる。

こんなの、俺じゃなければ勘違いをしてしまうレベルだ。

「えっと……清水さん、何かみんなで遊べることってないかな？」

このままではまずいと思った俺は、空気を変える意味もあって清水さんに声をかけてみた。

すると、彼女は人差し指を唇に当て、《ん～？》と考え始める。

そして答えがまとまったのか、パンッと両手を合わせながら笑顔で口を開いた。

「王様ゲームでも、やる？」

「却下《きやっか》で」

「即答⁉　話を振ってきたのは青柳君なのに……！」

俺が断ると、清水さんはプリプリと怒ってしまった。

凄くわざとらしいが、俺だってただ条件反射で断ったわけじゃない。

ただ——ニヤッと笑みを浮かべたのが、危険だと判断してしまったのだ。

絶対に、良くないことをしようと考えていた。

俺だけならまだしも、シャーロットさんや東雲さんが変な目に遭《あ》わされたり、答えづらい質問を投げられたりしたらかなわないからな。

「あ、青柳君、いいですよ？　王様ゲーム、やってみても」

しかし、清水さんの笑顔に気付かなかったのか、それとも彼女の厚意を無駄にするのは駄目だと思ったのかはわからないが、本日の主役が認めてしまった。

目が輝いているし、漫画とかで出てくる遊びだからやってみたかったんだろうな……。

シャーロットさんがやる気になっているので、清水さんが嬉しそうに口を開く。

「それじゃ、梓。王様ゲーム用の棒を貸して」

「なんで持ち歩いてること知ってるの!?」

清水さんが手を出すと、面喰らったように荒澤さんは清水さんに尋ねた。

なんで、そんなものを持ち歩いているのか……。

「知ってるわよ、それくらい。それよりも貸してよ、折角《せっかく》みんなで遊べるんだから」

「はいはい、わかったよ……」

荒澤さんは観念したように王様ゲーム用の棒を取り出し、清水さんに渡した。

しかし――。

「ごめん、一応それ確認させてもらえるかな？」

何か目印などがつけられていないか。

それが気になった俺は、こちらに渡すことを求める。

「ひど……。私、イカサマとかしないから」

荒澤さんが俺に対して怒りを見せるけれど、俺が疑っているのは彼女ではない。

王様ゲーム用の棒を荒澤さんが持ち歩いていることまで知っていた、清水さんなら何かしらの目印でわかるようになっているのではないか、ということを気にしたのだ。

目印さえわかれば、王様を容易《たやす》く引けたり、好きな相手に命令をしたりできるからな。

「さすが、用心深いな～。はい、好きなだけ見ていいよ」

「あの、私のなんですけど……」

「いいじゃんいいじゃん、これくらい」

唇を尖らせた荒澤さんを、清水さんは笑顔で宥《なだ》めた。

俺はそんな彼女たちを横目に、王様ゲーム用の棒を調べる。

――見たところ、あからさまな目印はなさそうだ。

それに、触った感触でも違いはほとんどわからない。

これなら、大丈夫そうだが……。

「これ、くじを持つのは俺でいいかな？　もちろん、俺は引かずに残ったやつが俺の棒でいい」

念には念を。

そう思った俺は、棒を持つ係に立候補した。

「えぇ、どうして青柳君が……？」

当然、不満の声も上がってくる。

しかし、俺が持っておけば不正はされないだろう。

「いいじゃんいいじゃん。男の子一人だし、させてあげようよ」

また、清水さんは俺側について、他の女子を説得してくれた。

今まで俺のことを嫌っていたはずなのに、今日は随分《ずいぶん》と違うな。

何か、変なことを考えていなければいいが……。

「みんな、王様ゲームのルールは知ってるかな？」

清水さんの掛け声に対し、東雲さん以外の全員が頷《うなず》く。

シャーロットさんが頷いたことに対して女子たちは意外そうな表情をしたけれど、彼女は結構オタクなので、王様ゲームが出てくる漫画かアニメを見ていたのだろう。

むしろ、ここは頷かなかった東雲さんを気にかけてあげるべきなのだが……。

――クイクイ。

案《あん》の定《じょう》、東雲さんは俺の服の袖を引っ張ってきた。

「ルール、わからないんだよね？」

「う、うん……。教えて、くれる……？」

俺を見上げたことで東雲さんの前髪が動き、その前髪の隙間《すきま》から見える、縋《すが》るような目で東雲さんはお願いをしてきた。

一瞬見えた二つの瞳に俺は息を呑《の》むが、咄嗟《とっさ》に出そうになった言葉をなんとか呑みこみ、笑顔で頷いた。

「俺も詳しくは知らないから、ローカルルールなどがあると違うかもしれないけど……まず、各自くじを引くんだ。そして、王様を探す掛け声で、王様は名乗り出る」

「うん、うん」

「その後は王様が番号を指定して、命令するんだ。選べる番号は一つだったり、二つだったり、場合によっては全員を対象にできるんだったかな？」

「命令は、なんでもいいの……？」

「そうだね……清水さん、軽めの命令以外は禁止でいいよね？」

王様ゲームとは、結構過激な内容でも許されているところがある。

それは、合コンなどのお酒の席とかで用いられることが多いからだ。

しかし、この場でそんな過激な命令をされても困るし、男が俺しかいないのだから当然女子側も避けたいだろう。

——と、思ったのだけど……。

「別に、折角の機会だからエッチな内容ありでもいいよ？　ほら、シャーロットさんもいるわけだし、男子も青柳君しかいないのなら、青柳君的には凄《すご》くお得でしょ？」

清水さんは、ニヤニヤとしながらこっちの予想していない返答をしてきた。

「何言ってるんだ……？」

俺は眉《まゆ》を顰《ひそ》め、清水さんを見据える。

ただ、どうやら反対意見は俺だけではなかったようだ。

「ちょ、ちょっと、有紗ちゃん!?　いきなり何言ってるの!?」

「そ、そうだよ！　有紗ちゃんらしくないよ！」

彼女の両脇を固める二人は、顔を赤らめながら清水さんを止めようとしている。

それもそうだろう、彼女たちにはデメリットしかないのだから。

それに、荒澤さんたちが言ったように、清水さんらしくない。

清水さんは場の雰囲気《ふんいき》が良くなることを最優先で考えている。

たとえそれが今後に悪く響こうとも、今が良ければ先は関係ないという感じだ。

つまり、俺と真逆の考え方をしている。

だから彼女は俺を嫌っている、という話に繋《つな》がるのだが——それは今は置いておいて、場の空気が明らかに悪くなることがわかっていたのに、先程の発言は彼女らしくなかった。

――って、彼女が見ているのは、俺じゃない……？

彼女の視線が捉えているのは――シャーロットさんだった。

「あっ……」

シャーロットさんに視線を向けると、ちょうど彼女もこちらを向いたところだったのか、目が合ってしまった。

すると、シャーロットさんは恥ずかしそうに顔を赤くして俯《うつむ》いてしまう。

純情だから、エッチな内容と聞いて恥ずかしくなったのかもしれない。

やはり、この会話はすぐにやめるべきだ。

「清水さ――」

「あはは、冗談だよ、冗談。さすがにそんなことするわけないじゃん」

俺が止めようとすると、それよりも前に清水さんが笑いながら自身の発言を撤回《てっかい》した。

それにより、両脇の女子は安心して胸を撫《な》でおろす。

「全く、みんな本気にしすぎだって。こんなところでそんな過激なことするわけないでしょ？」

「も、もう！　有紗ちゃん酷《ひど》いよ！」

「そうそう、女優並に演技凄かったよ！　本気にしか見えなかったもん！」

「あはは、ごめんね？　それよりも、ほら。軽めの内容だけオーケーの、王様ゲームをやろうよ。もしまずい内容だと思ったら、周りが止めようね？」

清水さんはそう言い、笑顔で俺の顔を見てきた。

その笑顔からは悪気が一切感じられないが、意味もなく冗談を言う子ではないことを俺は知っている。

いったい何を考えていたのか……相変わらず、気が抜けない相手だ。

——それからは、清水さんが言った通り軽めの内容で王様ゲームは進められた。

趣味のことを聞いたり、失敗談を聞いたりなど、ギリギリを攻めたものすらない感じだ。

一番踏み込まれた内容としては、荒澤さんが王様になった時の、《一番は好きな人がいるかどうかを答える》というものだったが、一番は桐山さんだったので、俺やシャーロットさんには関係なかった。

結局、王様ゲームはそんな感じで進み——もうすぐ歓迎会もお開きということで、ラスト一回を迎えた。

この調子なら問題ないだろう。

そう思ったのだけど——。

「それじゃあさ、ラスト一回なんだし、少しだけ過激なことをしてみる？」

清水さんの思わぬ一言が、場の空気を変えた。

「いや、ラストも何も、やらないって約束だっただろ？」

シャーロットさんが傷つく可能性があることはさせられない。

そう思った俺は、即座に止めに入る。

「え～でもさ、ラストくらいよくない？　ね、そう思わない、恵？」

「そうだね、私だけ好きな人がいることを白状させられてるし、ここは他の人を道連れにしたい……！」

「梓もさ、ラストくらいはいいよね？」

「ん～そうだね、ちょっと今までのって味気なかったから……」

「ほら、二人はこう言ってるよ？」

清水有紗は、策士なのだろう。

高校生に使う言葉としては違和感があるが、彼女は確実に計算して行動をしている。

まず、一番恥ずかしい思いをしている桐山さんに声をかけることで味方につけ、一人味方を増やした後に、王様ゲームに慣れている荒澤さんへと声をかけた。

おそらく、普段荒澤さんがやっている内容は少し過激なのだろう。

だから今までの内容には物足りなさを感じ、他の人も同意していることで、清水さんの誘いに乗ってしまったんだ。

清水さんが今までギリギリすら責めなかったのは、この心理を狙っていたんだと思う。

そして、次に彼女が狙うのは――。

「ね、シャーロットさんもいいよね？」

俺や東雲さんではなく、シャーロットさんだった。

気弱な東雲さんに声をかけなかったのは、声をかけても俺が邪魔に入るとわかっているからだろう。

そして、当然俺に誘いをかけても乗ってこない。

だから、王様ゲームに興味を持ち、他の人の気持ちを無下《むげ》にできないシャーロットさんに声をかけたのだ。

彼女になら、俺が余計な口出しをしづらいというのも読んでのことだろう。

「そ、そうですね……。い、一度くらいは、いいと思いますよ……？」

シャーロットさんは一度チラッと俺の顔を見た後、恥ずかしそうに頬《ほお》を染めながら頷いてしまった。

それにより、清水さんは勝ち誇ったような笑顔で俺の顔を見てくる。

「四人賛成だから、多数決だと決まりだよね？」

「……あまり酷い内容だったら、止めるからな？」

「わかってるわかってる、少し過激って言ってるじゃん。ほら、じゃあ始めようよ」

そう言って、清水さんは手を伸ばしてくる。

俺は一度机の下に手ごと棒を隠し、シャッフルしてから清水さんに出した。

ちょうど彼女が一番目に引く順番だったとはいえ、このタイミングまで計算されていたんじやないか、と詮索《せんさく》してしまう。

「よ～し、これにき～めた！」

清水さんは手を二秒ほど彷徨《さまよ》わせた後、ご機嫌な様子で棒を引き抜いた。

その後は、清水さんを中心に時計回りで棒を抜いていく。

そして余った最後の一本が、俺の番号だ。

今回は、五番を引いた。

ここで王様を引けていれば問題なかったのだが、そうそううまくいかない。

清水さんが王様を引いてなければ何も問題はないのだが、確率は六分の一。

しかも、俺が外しているから五分の一に上がっている。

二十パーセントの確率。

こういう時、引き当てそうな気がしてならなかった。

「王様だ～れだ？」

お決まりの掛け声と共に、俺たちは王様の登場を待つ。

すると――。

「は～い、今回は私でした」

名乗り出たのは、やはり清水さんだった。

イカサマ――そう考えるのが自然な流れだけど、棒は最初にチェックしているし、シャッフルも俺が行っている。

そして、当然俺の後ろに鏡になるものがないことは確認していて、番号なども見えるようにはしていない。

引き当てられる確率でもあるし、ここはたまたまと判断するしかなかった。

イカサマは、立証できなければイカサマにならないのだから。

「ふふ、どうしようかな～？　ちょっと、過激な内容でもいいもんね？」

清水さんは、ニヤニヤと意地悪そうな笑みを浮かべながら、俺たちのことを眺め始める。

そして――。

「決めた！　五番が、一番の耳に息をかける！」

絶妙に、嫌なところを衝《つ》いてきた。

十中八九イカサマをされている。

「さて、掛け声やろっか？」

掛け声の音頭《おんど》を取る清水さんだが、視線は俺から外れない。

完全に俺が狙い撃ちされていたようだ。

「五番は俺だよ」

該当《がいとう》番号を探す掛け声が終わった後、俺は五番を名乗る。

すると、荒澤さんと桐山さんが《うわぁ》と嫌そうな表情をした。

息を吹きかける実行役が男子だからだろう。

ただ、すぐに安堵《あんど》の表情が浮かんだため、自分ではなくてよかったと思っているようだ。

となると、一番は東雲さんかシャーロットさんのどちらかになるわけだが、清水さんが番号を全て把握《はあく》しているのなら――

「い、一番は……私、です……」

――狙われるのは、シャーロットさんだろう。

東雲さんを狙う意図は考えられないが、シャーロットさんを狙う意図なら複数思い浮かぶのがその理由だ。

俺は、自分の予感が的中したことに頭を抱えたくなる。

「わっ、青柳君ラッキーだね！　シャーロットさんにいたずらができるよ？」

シャーロットさんが名乗りをあげたことで、清水さんが俺に対して笑顔を向けてきた。

白々しい……。

俺はそう思うが、彼女がどうやってイカサマをしたのかがわからない。

それを立証できない以上、ここは別の方法で避けるしかなさそうだ。

ずっと王様ゲームをしていたことと、このテーブルにはシャーロットさんがいたということで、他のテーブルの生徒たちもこちらを見ている。

そんな中で、シャーロットさんを辱《はずかし》めるわけにはいかない。

「清水さん、悪いけど変更をお願いできないかな？　男子が女子に息を吹きかけるのは、やりすぎだと思う」

さて、これで引いてくれればいいが……。

「え～？　耳に息を吹きかけるくらい、全然軽くない？　耳を舐《な》めるわけじゃないんだよ？」

当然、発案者がそう簡単に引くことはなかった。

挙句《あげく》、両脇の二人までウンウンと頷《うなず》いているし。

さっき俺が五番だとわかった時に引いてたんだから、ここは俺に口添えをしろよ、と思ってしまった。

「今こっちを見てる男子たちが、暴れ回るかもしれないぞ？」

「まぁ、嫉妬《しっと》にまみれた目をしてるもんね？　でも、それにしては、止めようとしている人が一人もいないけど、どうしてだろうね？」

「……スケベ野郎どもめ……」

男子が止めようとしない理由。

そんなの、シャーロットさんが悶《もだ》える姿を見たいからに決まっていた。

シャーロットさんのそんな姿を見られる機会なんて、そうそうないからだろう。

でなければ、俺を全力で止めにきていたはずだ。

「だ、大丈夫、ですよ……？　あ、青柳君、お願いします……」

どうやって全員を言いくるめるか。

そう思考を巡らせていた俺に対して、シャーロットさんはやると言ってきた。

しかし、どう見ても大丈夫そうではない。

顔は真っ赤で俺の顔を見ようとしないし、言葉も噛《か》み噛《か》みだ。

何より、前に彼女は耳が弱いと言っていた。

ここで息をかけるのは、さすがに可哀想《かわいそう》だ。

「無理しなくていいよ？　シャーロットさんの歓迎会なんだし、嫌なら嫌って言っていいんだ」

歓迎会で、主役を辛《つら》い目に遭《あ》わせるなど聞いたことがない。

彼女が嫌と言えば、その言葉を盾に俺は無理矢理でもこの話を有耶無耶《うやむや》にする。

――そのつもりでいたのだが……。

「あ、青柳君なら、大丈夫ですので……。お願い、します……」

彼女は、あくまで続行を望んでしまった。

こうなってしまうと、もうこの場の全員を収める言葉が思い浮かばない。

「ほらほら、早くしてあげなよ」

挙句、清水さんが煽《あお》ってくる始末だ。

考え方は正反対だが、ここまで酷《ひど》い女だとは思わなかった。

今日のことは絶対に忘れない。

「ごめんね、いくよ？」

俺は彼女の耳元に口を寄せ、優しく囁《ささや》く。

彼女はそれだけでビクンッと体を跳ねさせ、潤った瞳で俺の顔を見てきた。

「や、優しく、お願いします……」

上目遣いでこちらを見るシャーロットさんに、俺の心臓は高鳴ってしまう。

顔は真っ赤に染まっていて、目も潤《うる》んでいるのでとても色っぽい。

こんな子の耳に、俺は今から息をかけるのか……。

「なんか、エッチだ……」

俺が息を呑《の》んでいると清水さんがそう呟《つぶや》いたのだが、誰のせいなんだ、と文句を言いたくなってしまう。

俺はその言葉をなんとか呑みこみ、ゆっくりとシャーロットさんの左耳に息をかけた。

すると――。

「ひゃあっ！」

彼女は、かわいい声と共に、大きく体を跳ねさせた。

そして、《はぁ……はぁ……》と、肩で息をしてしまう。

前に不本意で息をかけてしまったよりも、感じ方は酷かったようだ。

身構えさせてしまった分、却《かえ》って体に負担をかけてしまったのかもしれない。

「だ、大丈夫？」

「は、はぃ……」

うん、全然大丈夫じゃなさそうだ。

周りを見れば、女子たちが男子たちの視線を遮《さえぎ》るように邪魔をしていた。

こういう時の女子の団結力って凄《すご》い。

おかげで、少しだけ助かった。

「な、なんか、ごめんね……。こういうつもりじゃなかったんだけど……」

さすがにシャーロットさんの反応までは予想外だったのか、清水さんが気まずそうに頬《ほお》を掻《か》きながら謝ってきた。

耳が弱いことを知らなかったからだろうが、それにしても悪ノリが過ぎる。

しかし、そんな彼女に、シャーロットさんは優しい笑顔を返した。

「だ、大丈夫ですよ。おかげさまで王様ゲームは楽しかったので……気にしないでください」

この子は、本当にどれだけ優しくて、出来た子なのだろう。

俺だったら、とっくにキレているというのに……。

「ありがと、シャーロットさん」

清水さんはお礼を言うと、俺たちの棒を全て集め、お手拭きで拭いてから荒澤さんに返した。

んっ……？

お手拭きで、拭いて？

しまった、そういうことか……！

「――やられた、ゲーム中に棒に目立たない印をつけてたのか……」

歓迎会終了の挨拶《あいさつ》を彰がした後、各々《おのおの》が会計の準備を始めたタイミングで、一人席から離れた清水さんに俺は話しかけた。

「……一度、イカサマがされてないと思ったものは、警戒されなくなるからね。それに、ゲームが平和に進んでたら、警戒をする意味がなくなり、必然警戒は解かれる。青柳君がそうだったようにね？」

どうやら、彼女に隠すつもりはないようだ。

わざわざ、丁寧《ていねい》に説明をしてくれた。

「シャーロットさんに恥《はじ》をかかせたくて、あんな手の込んだことをしたのか？」

「まさか。そんな理由で、クラスメイトを敵に回しかねないことをすると思ってるの？　私がどんな子かってことくらい、君ならわかってるんでしょ？　私は、シャーロットさんと仲良くしたくても、敵に回すようなことはしたくないよ」

「だったら、どうしてあんなことをしたんだ？　俺から見たら、シャーロットさんに恥をかかせたようにしか見えない」

「私は既に答えを言った。これ以上教える気はないよ」

「は……？」

「私、君のこと嫌いだから。なんでそんな君に、親切に教えてあげないといけないの？」

それは、明らかに敵意を持った瞳だった。

となると、俺への嫌がらせが理由だったということなのだろうか？

現に俺は、男子たちから物凄く嫉妬の目を向けられている。

しかし――清水さんは、そんなことを口にしていないよな？

「ほら、他のテーブルはもう会計が終わっていってるよ？　私たちも会計の準備しないと」

清水さんは、まるで何事もなかったかのように人懐っこい笑みを浮かべて、俺の肩をポンッと叩いてきた。

話は終わりだ。

そう言いたいのだろう。

「わかったよ、ただもう二度とこんなことはしないでくれ」

「はいはい」

俺の苦言に対し、清水さんは軽く流すように頷いた。

聞いているのかどうかはわからないが、あまり言っても意味がないだろう。

これ以上彼女と話すのは無意味だと判断した俺は、会計の準備をするために足を一歩踏み出した。

しかし――。

「――ねぇ、青柳君。過去ばかり見てないで、ちゃんと今を見てあげなよ。今の君と、向き合ってくれてる子が傍にいるんだから」

背後から聞こえた思いも寄らぬ一言に、俺は足を止めて振り返ってしまった。

そんな俺の瞳に映るのは、キョトンとした表情で首を傾《かし》げる清水さんだ。

「今のは……？」

俺は尋ねずにはいられず、清水さんを見つめる。

しかし、彼女は不思議そうに口を開いた。

「なんのこと？　勉強のしすぎで幻聴でも聞こえちゃった？」

どうやら、まともに答えるつもりはないらしい。

いや、本当に、俺の幻聴だったのか？

よく、わからない……。

「――おい、明人！　お前たちのテーブルだけ会計終わってないぞ！」

「あ、あぁ、悪い。すぐに準備するよ」

いったい先程の言葉はなんだったのか。

それを考えようとした俺だったが、会計の準備をしてないせいで彰に怒られてしまい、それどころではなくなってしまうのだった。

第四章

「美少女留学生とギャルの秘密なやりとり」

「――シャーロットさん、楽しめた？」

私の歓迎会が終わったので喫茶店《きっさてん》を出ようとすると、いつの間にか青柳君《あおやぎ》が傍にこられていました。

彼は、優しい笑顔で私を見ています。

私は熱くなる顔を我慢しながら、笑顔を返しました。

「はい、とても楽しかったです。このような場を設けて頂き、ありがとうございました」

「お礼は、彰《あきら》に言ってよ。みんなに声をかけたり、盛り上げようと頑張ったのは彰だからね」

どうやら、青柳君は自分ではなく、西園寺《さいおんじ》君にお礼を言ってほしいようです。

彼はいつもそうですね。

自分の手柄を全て、西園寺君に回したがるところがあります。

今回だって、発案や会場の手配は、青柳君がしてくださったというのに。

「わかりました、後で西園寺君にもお礼を言わせて頂きます」

けれど、彼は自分の手柄になることを望まない。

そのことがわかっている私は、モヤモヤとしたものを胸に抱きながらも、頷《うなず》くしかありませんでした。

青柳君はそれで満足されたのか、私から視線を外し、何事もなかったかのように喫茶店を出てしまいました。

あまり他の方たちがいる場所では、話したくないのでしょう。

私に気を遣ってくださっているというのはわかりますが、少し寂しいです。

「――あ、青柳君……」

私が内心落ち込んでいると、小柄な少女がスマートフォンを胸に抱きながら、テテテッと青柳君に駆け寄ってしまいました。

青柳君は、不思議そうに首を傾げながら彼女――東雲《しののめ》さんを見つめます。

「れ、連絡先、交換、したい……」

どうやら、青柳君の連絡先を知りたくて声をかけたようです。

彼女は控えめな性格をしていて、誰かと積極的に話そうとするタイプではありませんでした。

そんな彼女が、今、青柳君の連絡先を知りたがっている。

その事実を目の当《ま》たりにした私は、胸がギュッと締め付けられるように苦しくなりました。

「――シャーロットさん？　大丈夫？」

「し、清水《しみず》さん……？」

もしかして、顔に出してしまったのでしょうか？

近くにいらっしゃった清水さんが、首を傾げながら私の顔を覗《のぞ》き込んでこられました。

「だ、大丈夫ですよ？　なんでもありませんから」

「胸が苦しいの？」

「――っ!?　えっ、ど、どうして、ですか……？」

図星を衝《つ》かれた私は、カラカラと渇《かわ》いた喉《のど》から、なんとか言葉を絞《しぼ》り出しました。

すると、彼女は不思議そうな表情で、私の胸を指さします。

「だって――胸、押さえてるから……」

「あっ……」

指摘されて視線を向けて見れば、私の右手が胸元の服をギュッと摑《つか》んでいました。

どうやら、無意識のうちに摑んでいたようです。

気持ちに気が付かれた、ということではないようですが……これはこれで、困りました。

「えっと……お気になさらないでください。なんでもございませんので」

「そう？　何かあったら言ってね？」

清水さんは、私が留学してきてからよくしてくださっている方です。

今回も、心配して声をかけてくださったのでしょう。

そんな方相手に誤魔化《ごまか》したことに罪悪感を抱きますが、青柳君への気持ちを知られてしまうと困りますので、仕方がありませんでした。

「………」

しかし、彼女はなぜかまだ私を見つめてきています。

「どうかされましたか？」

「ん～、シャーロットさん。後で、少しだけ時間をもらえるかな？」

「えっ……？」

も、もしかして、うまく誤魔化せていなかったのでしょうか……？

「ごめんね、少しだけでいいから」

「は、はい、大丈夫ですよ。妹の迎えがありますので、あまり長くは難しいですが……」

「うん、ありがとうね！」

清水さんは私にお礼を言うと、笑顔で他の友達の元に行かれてしまいました。

今すぐにだと、何か都合が悪かったのでしょうか……？

「――そうだよ、このアプリを入れたらいいんだ」

清水さんの行動に疑問を抱く私でしたが、青柳君の声が聞こえてきたので思わずそちらに視線を向けてしまいます。

どうやら、現在青柳君は、東雲さんのスマートフォンにアプリを入れてあげようとしているようです。

先程の会話から察するに、チャットアプリを入れようとされているのかもしれません。

面倒見のいい彼らしく、丁寧《ていねい》に教えてあげているようですが……。

思うところがあった私は、足を青柳君たちの方向に向けてしまいます。

「これで、連絡先の交換、できたの……？」

「そうだね、これでチャットができるし、無料通話もできるんだよ」

「そ、そっか。えへへ……初めての、お友達」

青柳君と連絡先の交換が終わったのでしょう。

東雲さんは、とても嬉しそうに頰《ほお》を緩《ゆる》めてしまいました。

完全に、青柳君に懐いておられるようです。

「わ、私も、交換して頂けますか？」

どうにか会話に混ざりたい。

そう思った私は、半ば無意識に東雲さんに声をかけてしまいました。

まさか、ここで私が入ってくるとは思っていなかったのでしょう。

青柳君が驚いたように私の顔を見てこられました。

しかし、口を挟むつもりはないようで、事の成り行きを見守るかのように視線を東雲さんに移されました。

「えっと、いいの……？」

そして肝心《かんじん》の東雲さんはというと、私の顔色を窺《うかが》っているかのような感じで、小首を傾げておられます。

今までほとんど会話をしていなかったので、戸惑われるのも仕方がないでしょう。

「はい、お願いできますか？」

「あっ……うん！」

私がスマートフォンを差し出すと、東雲さんはパァーッと表情を明るくして、自身のスマートフォンを操作し始めました。

かわいいです……。

小柄で小動物のような彼女には、庇護欲《ひごよく》がそそられると思います。

そして、何より――お胸が、高校生とは思えないほど大きいです。

青柳君も、やっぱり東雲さんのような御方が、お好きなのでしょうか……？

「えっと、どうかしたかな？」

青柳君の顔を見上げると、ちょうどこちらを見られたようで、目がバッチリと合ってしまいました。

頬を指で掻《か》き、どこか気まずそうな表情です。

「いえ……」

私はなんとも言えない気持ちになり、青柳君から目を逸《そ》らしてしまいました。

そして、東雲さんと連絡先を交換します。

「また、お友達……！」

東雲さんは、こんな私との交換でも喜んでくださっていました。

あまり人付き合いをしたくない方なのかと思っていましたが、そうではなかったようです。

どうりで、青柳君が放っておけないわけです。

当然、私も彼女がこういう人だとわかった以上、なるべく仲良くさせて頂きたいと思いますが……。

「いつでもご連絡くださいね」

「んっ……！」

東雲さんは、コクコクと一生懸命に頷かれます。

あぁ、本当にかわいいです。

まるでエマを相手にしているようでした。

「よかったね、東雲さん」

「んっ……！　青柳君が、シャーロットさんと仲良かった、おかげ……！　ありがと……！」

あ、あれ……？

こ、これは、もしかして、私の気持ちに東雲さんは気付かれているのでしょうか……？

「えっと、どういうことかな？」

冷や汗が背中を伝うのを感じている私の隣で、青柳君は困ったように笑いながら東雲さんに尋ねました。

すると、彼女はキョトンとした表情で口を開きます。

「青柳君が仲良し、だから……シャーロットさんも、交換してくれた」

「あっ……友達の友達だからってことかな？」

「んっ……！」

東雲さんが言いたいことを青柳君が口にすると、東雲さんはまたコクコクと一生懸命に頷かれました。

当たらずとも遠からずの内容で、私は内心苦笑いをしてしまいます。

「あはは、そこは関係ないよ。単純にシャーロットさんが、東雲さんと仲良くしたいと思ったから、交換したんだよ」

青柳君は私の気持ちを知らないため、笑顔でそんなことはないと答えてくれました。

それにより、不思議そうな表情の東雲さんの顔が、私のほうに向きます。

「そう、なの？」

「は、はい、もちろんですよ」

ごめんなさい、本当は不純な理由満載です……！

「そう、なんだ……。嬉しい……」

私が頷いたことを確認すると、東雲さんはスマートフォンで口元を隠して、熱っぽい表情をお浮かべになりました。

本当に、ごめんなさい……！

「そ、それにしましても、東雲さんは青柳君と仲がよろしいのですね？」

いたたまれなくなった私は、思わず話題を逸らしてしまいました。

「んっ、青柳君……優しいから……」

やっぱり、そういうことなのですね。

青柳君、罪作りな御方です……。

私が視線を向けると、青柳君は気まずそうに視線を逸らしてしまいました。

「——それに……お父さんみたい、だから……話しやすい」

「「えっ……？」」

青柳君を見ていると、東雲さんが思わぬ一言を言ってきましたので、私と青柳君の戸惑って出た声が重なってしまいました。

「お、お父さんみたい……？」

青柳君はショックだったようで、若干《じゃっかん》声を震わせながら東雲さんに尋ねてしまいます。

「んっ……お父さんに、ソックリ……」

そして、青柳君の様子の変化に気が付いていない東雲さんが、追い打ちをかけてしまわれました。

それにより、青柳君はガクッと項垂《うなだ》れてしまいます。

「お、俺、やっぱり……老けているように見えるのか……」

「あ、青柳君、しっかりしてください！　きっと、あれです！　お父さんのように包容力がある、ということを言いたかったんだと思います……！」

「つまり、中身がおじさんだと……」

「あ、青柳君……！」

だめです。

前も気にされていましたが、青柳君は自身が老けているのではないかと懸念《けねん》されています。

そのせいで、完全に落ち込まれてしまいました。

ここまで落ち込む青柳君は初めて見ます。

見た目は青少年で、中身も優しい青年という感じなのですが……それが、うまく青柳君には伝わりません。

確かに時々青柳君を、年上のお兄さんのように思うことはありますが、さすがにおじさんと呼ばれるような年齢に感じることはないです。

「ご、ごめんなさい……？」

青柳君が落ち込んでしまわれたので、傷つけたつもりはなかった東雲さんが、不安そうに青柳君に謝られました。

それにより、青柳君は力のない笑みを浮かべます。

「あはは……うん、大丈夫だよ」

全然大丈夫なようには見えませんよ!?

思わずそうツッコミを入れてしまいたくなるほどに、青柳君には元気がありません。

よほど気にされていたのですね……。

どうしましょう?

勘違いとはいえ、青柳君がショックを受けている姿を見るのは辛《つら》いです……。

「――お～い、そこの三人！　そろそろ二次会に行こうぜ！」

これは天の助け!?

――と思うほどに、有り難いタイミングで西園寺君が声をかけに来てくださいました。

「……なんで、明人《あきひと》落ち込んでるの？」

西園寺君は元気のない青柳君を見て、首を傾《かし》げてしまいます。

「いや、なんでもない……」

「なんでもないようには見えないが――まぁ、いいや」

いいえ、よくないですよ!?

お友達なのですから、励《はげ》ましてください……！

あっさりと青柳君を見捨てられた西園寺君に対し、私は思わずツッコミを入れてしまいました。

もちろん、心の中でだけですが。

「明人、二次会行くよな？」

「あっ……俺はともかく、シャーロットさんはどうなんだ？　妹のことがあるだろうし」

しかし、青柳君は先程まで落ち込んでいたのが嘘だったかのように、ピシッとされてしまいました。

そして、私に対して気遣いをしてくださいます。

どうやら、私はまだ青柳君のことを理解できていないようですね……。

ショックです。

「ごめんなさい。妹のお迎えがありますので、二次会はちょっと……」

「そっか、それは仕方がないね。まぁ、二次会なんだし、強制じゃないからいいと思うよ？　俺だって、行かないし」

「青柳君……」

「いや、お前はこいよ！　なんでこないんだ!?」

青柳君の言葉に私は優しさを感じ、感動を覚えたのですが——逆に、西園寺君は怒ってしまわれました。

そんな西園寺君に対し、青柳君は困ったような笑みを浮かべて口を開きます。

「二次会なんだから、仲がいい者だけで行ったほうがいいだろ？　俺がいると、空気を悪くするからな」

「お前なぁ……」

青柳君の答えを聞いた西園寺君は、呆《あき》れたような表情で青柳君を見ます。

そして何かを言おうと口を開いては閉じを繰り返し、最終的には溜息を吐いて視線を東雲さんに向けました。

どうやら、青柳君のことは諦めたようです。

「東雲さんはどうする？」

「――っ」

「な、なんで隠れるんだ……？」

いったい何がだめだったのでしょうか？

声をかけられた東雲さんは、西園寺君から距離を取るようにして、青柳君の後ろに隠れてしまいました。

……青柳君、懐かれすぎです……。

「まだ、あまり慣れてないんだよ」

「クラスメイトなのに、慣れられていないとは……」

「そう言うなって。今までまともに関わってなかったんだから、仕方ないよ」

青柳君は、優しい笑みを浮かべながら東雲さんのフォローをしています。

相変わらず、お優しいです。

「それで、東雲さんは二次会に行きたい？」

東雲さんがどうされるかは、見ているとなんとなくわかります。

しかし、青柳君はあくまで東雲さん本人に答えを出して頂くようでした。

「えっと……青柳君も、シャーロットさんもいないなら……いかない……」

やはり、東雲さんは行かないことを選んだようでした。

仕方がないですね。

お話しできる方がいらっしゃらなければ、気まずくて居心地が悪くなってしまいますから。

「そっか、じゃあ、みんなにはそう伝えておくよ。と、それとは別に……明人、少しだけ話せないか？」

なんでしょう？

西園寺君は少しだけ苦笑いを浮かべて、青柳君に場所を移そうと手で合図をされました。

「わかった。ごめん、シャーロットさん、東雲さん。ちょっと話してくるから、二人はテキトーに帰ってくれるかな？」

「あっ、はい」

わざわざ場所を移すということは、私たちがいると邪魔になってしまうのでしょう。

気にはなりますが、これ以上は踏み込まないことにしました。

もし何かあれば、家で青柳君にお尋ねすればいいだけですからね。

それに——。

「…………」

清水さんも、ジッと私を見ています。

話をしたいということなのでしょう。

「東雲さん、私は他の方とお話をしてきますので……」

「あっ、んっ……」

あぁ!?

そんな寂しそうな表情をしないでください……!

シュンとしてしまった東雲さんを前にした私は、どうしようもできない状況に胸が痛くなりました。

「東雲さん、何かあればメッセージを送ってくれたらいいから」

東雲さんの表情が曇ったことに、青柳君も気が付いたのでしょう。

青柳君は東雲さんに向けてスマートフォンを振り、《連絡していいよ》と合図されました。

それにより、東雲さんの表情がパァーッと明るくなります。

「ありがと……。それじゃあ、帰るね……」

「うん、ばいばい東雲さん」

「さようなら、またお話し致しましょうね」

「んっ、ばいばい」

私たちが手を振ると、東雲さんは嬉しそうに手を振って、帰っていきました。

青柳君との会話を邪魔してしまったのには、罪悪感がありますが……東雲さんと仲良くお話しできるようになったのは、嬉しかったです。

かわいい御方でしたので、学校でも仲良くお話ししたいですね。

……青柳君のことを、抜きにすれば……。

「それじゃ、俺たちも行くよ」

私がどうしようもない気持ちを抱いていると、青柳君が素敵な笑みを浮かべて声をかけてこられました。

私も、いつまでも清水さんをお待たせするわけにはいかないでしょう。

「はい、それでは失礼致します」

私は青柳君と西園寺君に頭を下げ、こちらを見ておられたクラスメイトたちの元に向かいました。

「珍しい組み合わせだったね？　なんの話をしていたの？」

私が皆さんのところに行きますと、皆さんが興味深そうに私の周りを囲んで、そう聞いてこられました。

「普通の雑談でしたよ？」

「雑談……？　あの東雲さんと、青柳君を相手に……？」

「そうですけど……」

「青柳君はともかく、東雲さんってちゃんと会話できるの？」

「今までまともに話したところ見たことないよね？　話しかけても挙動不審《きょどうふしん》になるし」

どうやら、東雲さんがお話しをされないという認識は、私だけではなかったようです。

「ゆっくりとしたペースではありましたが、お話ししてみると、かわいらしい感じでしたよ。おそらく人見知りされているだけで、慣れたら話せるんだと思います」

「へぇ、そうなんだ……今度、また話しかけてみようかな？」

これは、いい傾向です。

東雲さんは友達を欲しがっているように見えましたし、皆さんが話しかけてあげるようになれば、きっと喜んで頂けるのではないでしょうか。

そうなれば、先程邪魔をしてしまったお詫《わ》びになりますね。

「待った待った。ほら、相手がシャーロットさんだからじゃない？　凄《すご》く優しいから東雲さんも話せただけで、私たちが話しかけたらまた挙動不審になるよ」

しかし、やはり今までのことがあるからか、抵抗もある方がいらっしゃるようです。

「でも、青柳君とも普通に話せてたみたいだよ？」

「青柳君は……なんだろ？　最近、たまに優しいところがあるから、それかな？」

「青柳君がいけるんなら、私たちもいけるくない？」

「そうかも。じゃ、今度話しかけてみよっか」

どうやら、いい方向に話はまとまったようですね。

ただ、青柳君がいけるなら――という話ですが、青柳君はおそらく、この場の誰よりもお優しいと思います。

そのことを知られていないのは、やはり悲しいですね。

……でも、そんな青柳君を知っているのは私だけ、と嬉しく感じている私もいます。

私、独占欲が強いのでしょうか……？

「――シャーロットさん、ちょっといい？」

皆さんとお話しをしていると、清水さんが話しかけてくださいました。

「ごめんなさい清水さん、お待たせをしてしまって」

「いいよいいよ。ごめんね、みんな。シャーロットさんを借りていくよ」

「え～、有紗《ありさ》ちゃんだけ独《ひと》り占《じ》めとかずるいんだけど？」

「そうそう、さっき有紗ちゃん同じテーブルだったじゃん！　私たちまだシャーロットさんとお話ししたいよ！」

「ごめんね、二人でしか話せない内容だから」

清水さんは気の毒になるくらい、周りの方々に手を合わせて謝られます。

彼女が他の方に文句を言われるところなんて、滅多《めった》に見ないのですが……。

「皆さん、申し訳ございません……。私のほうから、相談させて頂きたいとお願いしたんです」

「えっ、そうなの？」

「それじゃあ、仕方ないね」

私が頭を下げると、皆さんはあっさりと許してくださいました。

やはりこういう場合は、対象になっている私のほうから言ったほうが、素直に聞いて頂けるのですね。

青柳君の真似《まね》をしてみてよかったです。

私と清水さんはそのまま皆さんから離れて、邪魔にならないところに移動しました。

「さっきはありがとね、シャーロットさん。まさか庇《かば》ってくれるなんて思わなかったよ」

「いえいえ、うまくいってよかったです」

清水さんの話したい内容はわかりませんが、話をしたいという理由で周りから責められるのは可哀想《かわいそう》でしたからね。

これくらいお安い御用なのですよ。

しかし――。

「それも、青柳君の影響かな？」

私は、不意に言われた清水さんの言葉に、心臓がドキッと跳ねてしまいました。

「な、なんで青柳君の名前が、ここで出てこられるのでしょうか？」

私は背中に冷や汗が流れるのを感じながら、笑顔で首を傾《かし》げます。

すると、彼女は同じように笑顔で口を開きました。

「いや、よく青柳君がすることだから、影響を受けてるのかなって。シャーロットさん――青柳君のことが、好きなようだし」

「――っ!?　なんっ!?　えっ!?　あの……!?」

「ふふ、動揺《どうよう》しすぎだよ。シャーロットさんはかわいいなぁ」

私が顔の前で両手を振りながら言葉を探していると、清水さんはクスクスと楽しそうに笑いながら私を見てきました。

なんでしょう、いつもお話ししている清水さんと、どこか違うような気がします。

「いいよ、無理に隠そうとしなくて。シャーロットさん、わかりやすすぎるから」

「え、えっと……ど、どうして、そう思われたのですか……？」

「えっ、言ってもいいの？」

おそらく、私が恥ずかしい思いをする、という意味の確認なのでしょう。

しかし、既に顔が凄く熱くなっているほどに恥ずかしさを感じていますので、今更です。

「は、はい……」

「元々、青柳君のことをフォローするようになった頃から、気になってたんだよね。シャーロットさん、教室で青柳君のことをよく目で追っているんだもん」

「えっ、そ、そうだったんですか？」

「やっぱり、自覚なしかぁ。それで、今日の青柳君とのやりとりでしょ？　青柳君と話してる時のシャーロットさん凄く嬉しそうだったし、彼にかまってほしくて仕方がないって感じだったもん。頬《ほお》まで膨《ふく》らませちゃってさ」

「………」

あっ、だめです。

これ、言い逃れできないほどに、私駄々漏《だだも》れです。

「あとは――」

「あ、あの、もう、十分です……。認めますので、許してください……」

私は熱くて仕方がない顔を両手で押さえながら、清水さんに許しを請いました。

「あはは、別にいじめたいわけじゃないからさ、謝らないでよ。むしろ、シャーロットさんのとてもかわいい部分を見れて、凄く得した気分だし」

「うぅ……」

「あぁ!? ご、ごめん、泣きそうにならないで……!」

視界が歪むのを感じながら清水さんを見ると、清水さんはとても焦ったように私の手を握ってきました。

「えっとね、こんな話を切り出したのは、シャーロットさんを辱《はずかし》めたかったんじゃなくて、協力したかったからなの……!」

「きょ、協力、ですか……?」

「うん、そうだよ。シャーロットさん、青柳君のことが好きなんでしょ? だから、二人が付き合えるように協力したくて」

まさか、このようなことを言ってくださるとは思いませんでした。

「ど、どうしてそのようなことを……?」

協力して頂けるのは嬉しいことですが、清水さんがそういうことをするイメージがなく、ついお尋ねしてしまいました。

「シャーロットさんと、仲良くなりたいからかな?」

「えっ……」

「シャーロットさん凄くかわいいし、とても優しいから親友になりたいの。そのためにも、青柳君とくっつくお手伝いをしようかなって」

「そ、そうだったのですか……」

「ふふ、私みたいに、シャーロットさんと特別仲良くなりたい女の子は多いんだよ？　ただ、シャーロットさんが男子に恋している姿が想像できないみたいで、今回のことには気が付いてないみたいだけど」

「皆さんに知られてしまったら、私学校にこられなくなります……」

「あはは……ごめん、それは時間の問題だと思うけど」

「えっ……？」

清水さんは、頬を指で掻《か》きながら困ったように笑われています。

時間の問題、とはどういうことでしょうか……。

「さっきも言ったけど、シャーロットさんわかりやすすぎるんだよ。あんなの続けてたら、そりゃあバレるのも時間の問題だよ」

た、確かに、先程指摘されたことを皆さんに見られていたら、青柳君への気持ちは気付かれてしまいます。

そのようなことになれば、私は恥ずかしさのあまり本当に学校にこられなくなります。

青柳君にだって、顔を合わせることができません。

「ど、どうしたらいいのでしょうか……？」

私は縋《すが》るような思いで、清水さんに対策を聞きます。

しかし、彼女はキョトンとした表情で、口を開かれました。

「青柳君と、さっさとくっついたらいいじゃん」

そして、とても無茶なことを言ってくださいます。

「む、無理ですよ……！　青柳君、私のことを好きではないでしょうから……！」

「えっ、まさかそこから!?　まじで言ってるの!?」

「は、はい……」

私が頷《うなず》きますと、清水さんは《うわぁ……》と、額を手で押さえてしまいました。

とても頭が痛そうです。

「時々そうじゃないかな、とは思ってたけど、この子やっぱり天然だった……。でも、私が教えるのも違うしな……」

「あ、あの、清水さん……？」

「えっと、そうだね。そしたら、まずは好きになってもらうところからだね」

「あれ、お話が変わっていませんでしょうか……？」

「うん、わかってる。わかってるけど――きっとこのままだと、凄く遠回りになりそうだから、そこはツッコまないで」

「ご、ごめんなさい……」

なんだか、清水さんが有無を言わせない雰囲気《ふんいき》で私の両肩を摑《つか》んでこられましたので、私はつい謝ってしまいました。

「そうだね、まず告白をしてみよっか」

「〝まず〟が既に終着点にいっちゃってます!?」

「おぉ、キレのいいツッコミ」

なんだか感心されてしまいました。

全然嬉しくないです。

「男子ってあれだよ？　告白されたら、その子のことを意識しちゃう生き物だよ？」

「そ、それは、確かに聞いたことがありますが……」

「えっ、聞いたことがあるんだ？」

「な、なんで驚かれているんですか？　清水さんが言ったのに……」

「あ、あはは、ごめん。ちょっと意外だって。でも、それだったら話が早くない？　やっちゃおうよ」

清水さんはニコニコ笑顔で、私に告白をするように促してきました。

確かに、清水さんがおっしゃられていることは、漫画やアニメでよく言われることなのでわかります。

しかし、青柳君はそんな単純な御方ではありません。

何より――。

「わ、私は、自分自身を好きになって頂きたくて……。そういう、シチュエーションだよりのようなことはしたくなくて……」

「なるほどね。まぁ、そういうのって気持ちが冷めやすいしね」

「ご、ごめんなさい……」

「ううん、シャーロットさんの考え方は素敵だと思うよ」

折角《せっかく》ご提案して頂いたことを拒否したのにもかかわらず、清水さんは優しい笑顔で私のことを褒《ほ》めてくださいました。

なんとなく、彼女の姿が青柳君に重なってしまいます。

「それだと……やっぱり、青柳君ともっと関わることだよね。ほら、折角クラスメイトなんだしさ。その利点を使わない手はないよ」

確かに、仲良くなるならまずはお話しすることが大切です。

そして、私と青柳君の関係を知らない彼女が、この提案をしてくるのは当然の流れでした。

「そ、その、そういうことは難しくて……」

「どうして？」

「えっと……」

青柳君に、禁止されているから。

そう答えることができない私は、答えに困ってしまいました。

すると――。

「やっぱり、青柳君に止められてるんだね」

彼女は、また私が隠していたことを衝《つ》いてきました。

「ど、どうして……？」

どうして、わかるの……？

私は驚きのあまり、彼女の顔を見つめてしまいます。

「かまかけてみただけなんだけど、やっぱりか。学校では全然会話をしていない二人が、喫茶《きっさ》店《てん》ではやけに親しげに会話をしていた。ましてや、片方はクラスの嫌われ者を演じる男の子で、もう片方は、みんなに平等に接して、特定の仲良しは作らないようにしている女の子。その二人が、何も接点がなくて、あんなふうに仲良く接してるとは思えないんだよね。となれば、接点はあるけど、それが明るみに出ないようにしてるのかなって思ったの。青柳君なら、シャーロットさんのことを考えてそういうことを言いそうだし」

私は、思わず息を呑《の》んでしまいました。

清水さんといえば、いつも明るくて楽しそうに学校生活を送られているイメージの方です。

それなのに、今の彼女はまるで別人のような感じでした。

どうやら私は、清水さんの認識を誤っていたようです。

「ごめんね？　別に責める気とかないし、青柳君との関係に踏み込む気もないから、そこは安心してほしいな」

「そ、そうなんですか……」

「うん、最初も言ったけど、私はただシャーロットさんと仲良くしたいだけだから」

彼女はそう言うと、また優しい笑みを浮かべました。

私は、この笑顔を信じていいのでしょうか……？

「し、清水さんは、青柳君のことをよくご存じなようですが、学校でお話しはされていませんよね？　も、もしかして、私のように……何か青柳君と接点があって、隠している感じなのでしょうか……？」

私はカラカラに渇《かわ》く喉《のど》から、どうにか言葉を絞《しぼ》り出します。

どうしてこんなことを聞いてしまったのかはわかりません。

ただ、今の私はそのことを聞かずにいられなかったのです。

すると、彼女はおかしそうに肩をすくめてしまいました。

「そんなことないよ。だって、わざわざ彼が私との関係を隠さないといけないほど、私に人気なんてないもん。それに――」

清水さんは一度言葉を止め、深呼吸をしました。

そして、ゾッと悪寒《おかん》が走るような冷たい表情を浮かべ、口を開かれます。

「私、青柳君のこと大っ嫌いだから」

それは、目と耳を疑う内容でした。

青柳君が嫌われていることはわかっています。

彼がそれを望み、そういう態度を取っているのが原因ですから。

しかし、彼女の口ぶりからは、青柳君がどういう御方なのかを理解されているように思えました。

その上で彼を嫌い、ましてや彼のことを好いている私の前で、このことを打ち明ける理由が私にはわかりません。

「ど、どうして、そのようなことをわざわざ……？」

「きっとシャーロットさん、私のことを信用できるかどうか、心の中で探ってるだろうなって思ったからだよ。だから、腹を割って打ち明けてみたの」

どうやら、彼女に対して私が疑念を抱いていることにも気が付いておられたようです。

信用関係を築きたい、ということなのでしょうか……？

けれど、彼女はここまでリスクを冒してまで……本当に、私と仲良くなりたいだけなのでしょうか……？

「わ、私、青柳君のことを悪く言う御方とは、仲良くできませんよ……？」

彼女が何を考えているのか知りたい。

そう思った私は、自分の思っていることを素直に伝えました。

「あはは、わかってるよ。安心して。私、青柳君のこと自体は嫌いじゃないから」

「えっ？　ど、どういうこと、ですか……？」

「簡単なことだよ。私が嫌いなのは、青柳君のやり方なの。みんなを正しい方向に導くためとはいえ、自分が悪者になってクラスの雰囲気を悪くする。それが……嫌い」

清水さんは嫌悪感を露わにしながら、溜息を吐かれました。

言葉に感情が乗っていることから、本心なのでしょう。

わざわざこんな嘘を吐くくらいなら、最初から青柳君のことを嫌いとは言わないでしょうから。

「結局それは、青柳君のことをお嫌い、ということになるのでは……？　普通でしたら、嫌いなことをやっているからあの人は嫌い、ということになりますよね……？」

「そうかな？　私はそう思わないけど？　なんていうかな……その人の人柄を見てるから、やってることは気に入らなくても、その人自体は嫌いになれない、という感じかな」

清水さんは小首を傾《かし》げながら、困ったように笑われました。

きっとその考え方は、今まで友達に理解されてこなかったのでしょう。

私はなんとなく、彼女の言いたいことはわかりました。

そして、本当の彼女が望んでいることも。

「清水さんは、私に青柳君を止めてほしいんですね？　ですから、私と彼が付き合うようにしたい——そうではありませんか？」

「ありゃ、バレちゃったか」

そう言う清水さんは、おちゃらけたようにウィンクをし、少しだけ舌を出されました。

てへっ、と聞こえてきそうな仕草に、私はなんとも言えない気持ちを抱いてしまいます。

「ふふ、まぁ、シャーロットさんと仲良くなりたいっていうのも本音だけど、理由としては、シャーロットさんの言う通りだよ。青柳君は、シャーロットさんが留学してきてから、変わってきてる。だから、シャーロットさんなら、彼がもう馬鹿げたことをしないようにしてくれるんじゃないかなって、勝手に期待を寄せているの」

「青柳君が、変わってきているのですか？」

「気付かない？　とはいっても、元を知らなければ仕方ないか。元々の彼は、クラスで嫌われることに徹してたんだよ」

「それは、今もだと思いますが……」

「ううん、違うよ。その変化は、今日見られた。彼、ひとりぼっちでいる東雲さんに声をかけてたでしょ？　しかも、凄《すご》く優しい表情と声で」

清水さんに言われ、喫茶店の時のやりとりを私は思い出します。

　彼女の言う通り、青柳君は優しく東雲さんの相手をされていました。

　しかし、お優しい彼であれば、一人寂しくされていた東雲さんに声をかけるのは、当たり前だと思うのですが……？

「どこが違うのか、という表情だね。昔までの青柳君だったら、あの場面で声をかけないいんだよ。もしくは、声をかけたとしても無愛想な感じで、半ば押し付けがましい態度を取っていたと思う」

「ど、どうして、そう思われるのですか？」

「そうじゃないと、クラスメイトに好印象を与えてしまうからだよ。好印象は、嫌われ者を演じる彼にとって邪魔でしかない。だから、そう捉えられることはしないようにしていたの」

「それが、今日はしてしまった、と……？」

「あの様子だと、青柳君も無意識下のようだったから、明確にどんな変化があったかはわからないけどね。だけど、間違いなくシャーロットさんの影響だと思う。大方、演技だとしても君に嫌なところを見せたくない、という感じだったのかな」

　彼女のおっしゃっていることは、どれも証拠がないものです。

　ですが、彼女の目を見る限り、彼女はそう信じているようでした。

「とまぁ話が逸《そ》れたけど、シャーロットさんによって彼が変わっているのなら、自分を犠牲《ぎせい》にして他人を導こうとすることも、やめてくれるんじゃないかなって思ったの。シャーロットさんだって、彼がそういうことをするのは嫌なんでしょ？」

「そう、ですね……。私は、青柳君に傷ついてほしくありませんから……」

「じゃあ、利害は一致だね。私が手伝いたい理由、納得してくれたかな？」

納得……そんなの、できるわけがありませんでした。

彼女が話していることは本当のことなのでしょう。

しかし、彼女は全てを話してくれたわけではないと思います。

なぜなら、彼女のお話には違和感がありましたから。

「清水さんが、洞察力に凄く優れていらっしゃるということはわかりました」

「シャーロットさん？」

私の言葉を聞くと、清水さんは不思議そうに私の顔を見てこられました。

おそらく、思われていた答えと違ったのでしょう。

私はそんな彼女の目をまっすぐと見つめます。

「しかし、青柳君がクラスで取っている行動を見るに、清水さんがここまでのことをされる理由は弱いと思いました。清水さん、あなたは青柳君のことを信頼していますよね？　その根拠は、いったいどこから来ておられるのですか？」

青柳君が嫌われ者を演じている。

彼が自分自身を悪者にして、皆さんを正しい方向に導こうとしている。

彼自身のことは、嫌いではない。

それらは全て、青柳君の人柄を知っていて、彼なら絶対に本心からはやったりしないと信じているからこそ、出る言葉です。

しかし、青柳君が学校で嫌われ者を演じることに徹していたのであれば、いくら洞察力に優れていたとしても、青柳君の本質を見抜くことはできないはずです。

ですから、彼女は何かしらの接点が青柳君とあり、彼の本当の人柄を知る機会があったんだと思います。

そしてそれを、彼女は故意的に私に隠しているのがわかってしまいました。

「……まいったなぁ、シャーロットさんのこと甘く見過ぎてた」

言い逃れはできないとお考えになられたのか、清水さんは頭を掻かれながら溜息を吐きました。

そして、ニコッと笑みを私に向けてきます。

「そういえば、妹さんのお迎えがあるんだよね？　結構長くなっちゃってるけど、大丈夫？」

「申し訳ございませんが、このまま帰ることはできませんので」

「そっか」

私が退かないとわかると、清水さんはまた深呼吸をされます。

そして、今までとは違い、真剣な表情で私の顔を見てきました。

「そうだね、信頼——とは違うけど、私は青柳君のことを信用しているよ」

「どうして、そのことをお隠しになられたのですか？」

「なんでって話に発展した時に、話せないことが多すぎるからだね」

　話せないことが多い……？

　そういえば、喫茶店《きっさてん》で——。

「花澤《はなざわ》先生が敷いた青柳君のことに関する箝口令《かんこうれい》、とはいったいどんな内容だったのでしょうか？」

　私がそのことを切り出すと、清水さんは驚いたように目を大きく開かれました。

　そしてポリポリと頬《ほお》を指で掻き、困ったように笑って私の顔を見てきます。

「聞こえてたんだ？　シャーロットさん、地獄耳なんだね」

「盗み聞きみたいな形になってしまって、申し訳ございません。ですが、私と青柳君の関係発展にご協力を頂けるのであれば、お話しして頂けますと嬉しいです」

　私はずるいとわかりながらも、彼女が気にする部分を引き出して、問いかけてみます、
　しかし、彼女は首を横に振ってしまいました。

「う～ん、それは無理かな。話しちゃったら、美優《みゆ》先生に凄く怒られるし、あの先生を裏切っちゃうことになるもん」

「ご協力、頂けないということですね？」

「シャーロットさん、意外とずるいね？　それも、青柳君の影響かな？」

「青柳君は関係ありません。私は、元からこういう人間です」

「そう――好きな人のためなら、本気になれる子ってことだね。私の口から教えることはできないけど、知る手段は教えてあげるよ。青柳明人――それを、これで検索すればわかるから」

清水さんは茶化すような態度を見せた後、真剣な表情になって、スマートフォンを私に見せつけるように掲げました。

「ネットで調べろ、ということですか……？」

「うん。彼、一部では結構有名人なんだよ。だから、これで調べればすぐにわかるよ。彼の過去に、いったい何があったのかってことが」

私はスマートフォンを取り出し、ジッと見つめます。

これで、青柳君の過去を知ることができる。

彼の過去を知ることができれば、彼が抱えていることがわかり、何かお助けできるかもしれません。

しかし、これだと……。

「どうしたの？　調べないの？」

清水さんは、試すような表情で小首を傾げ、私を見つめてきました。

「ここで、調べてしまうと……私は、青柳君を裏切ったことになりませんか……？」

青柳君は、私が彼の過去を知ろうとしていることを、知りません。

気にしているとさえ思っていないでしょう。

その中で、私がこんなふうに彼のことを調べてしまうのは、彼に対する一種の裏切りのように感じました。

少なくとも、花澤先生が望んでいたのは、青柳君本人から過去を教えてもらうことです。

それなのに、私は……。

「私に聞くことは裏切りじゃないの？」

「そ、それは……そう、ですね。結局それも、裏切りだと思います」

ネットで調べようと、清水さんから聞き出そうと、それは青柳君が知らない場所で、勝手に知ったことになります。

どう取り繕《つくろ》おうと、彼を裏切ってしまうことに変わりないでしょう。

「…………うん、なんとなくわかるよ。きっと青柳君は、こういうところにも惹《ひ》かれたんだろうなぁ……」

私が考えていると、清水さんはどこか仕方がなさそうな優しい表情で、そう呟《つぶや》かれました。

「えっ、青柳君が惹かれている……？」

「ちょっと、本当に地獄耳だね!?　聞こえたらだめだよ、こういうのは！」

「はぁ……？」

私が小首を傾《かし》げると、清水さんは焦りながら怒ってしまいました。

確かに、独《ひと》り言《ごと》を聞いてしまうのは良くなかったですね。

いつもなら流すのですが、青柳君のことなのでつい反応してしまいました。

「そ、それよりも、話せることもあるよ。だから、今回話すのはその話せることだけでいいかな？」

まるで別の話に誘導したい。

彼女の態度はそんなふうに見えましたが、きっとその話せる内容というのも、私が知らないことなのでしょう。

そして、おそらく私が知ってしまっても問題ない部分、ということで話せる内容なんだと思います。

「お願いできますか？」

「うん、そうだね――私ね、広島に自慢の従兄《いとこ》がいるの」

「そうなんで――えっ、従兄さん、ですか……？」

「うん。アイドル顔負けのイケメンで、背も高くて、テレビにも出たことがあるくらいに凄《すご》いんだよね」

「は、はぁ……？」

えっ、どういうことですか？

彼女と青柳君の過去についてお話し頂けるのかと思いましたのに、今されているのって従兄自慢ですよね？

あの、どういうことですか……？

「あはは、シャーロットさん顔に出過ぎだって。ごめんね、わかりづらくて。ただね、その従兄ってのが——サッカーをしてるの」

「あっ……」

サッカー、と聞いた瞬間、私は彼女の言いたいことの一部がわかりました。

きっと、その従兄さんと青柳君に繋《つな》がりがあるのでしょう。

どうやら、余計なことは言わないほうがよさそうですね。

私が混乱から解放されたことに清水さんはお気づきになられたようで、優しい笑みを浮かべてまた口を開かれました。

「同い年で広島クラブチームのユースに所属してるんだけど、プロからも注目されていて、高校に入ってからは世代別代表にも招集されてるくらい、凄いんだよ。でね、そんな従兄が——中学の頃から、青柳君に執着をしてたの」

やはり、その従兄さんと青柳君に繋がりがあったようです。

広島とは、私たちの住んでいる岡山の、隣にある県だったはずです。

サッカーをしていた青柳君なら、大会で知り合っていたとしても不思議ではありません。

ただ、それにしても……執着、ですか。

相手の方は、男性ですよね？

まさか、女性ではないですよね……？

イケメン、と言われていましたし……。

「あれ、疑問に思わないんだ？　どうして、プロから注目されてるくらい凄い私の従兄が、青柳君に執着してるのかってことを」

あっ……。

べ、別の部分を気にしすぎてて、気付きませんでした……。

そうですよね、普通に考えるとなかなかないことですもんね。

「どうしてなのでしょうか？」

私は取り繕うように笑みを浮かべながら、清水さんに尋ねてみます。

すると、清水さんは話したくて仕方がない、というようにウズウズとされて、口を開かれました。

従兄さんのお話になってから、なんだか彼女のイメージが少し変わった気がします。

「実はね、私の従兄――中学一年の時に中国大会の準決勝で、青柳君たちのチームとぶつかったの」

中国大会とは、確かスポーツ漫画で読んだ限りだと、岡山県や広島県などの中国地方で行われる、県を代表する高校がぶつかる大会ですね。

そんな大会に一年生の時から出てるなんて、青柳君はやっぱり凄いです。

「従兄のチームってその年の全中――中学の全国大会で優勝してるんだけど、そんな従兄が言うには、全中決勝よりも、中国大会で当たった青柳君との試合が一番印象に残ってるんだって」

「全中優勝……青柳君たちは、中国大会の準決勝で負けてしまわれたのでしょうか……？」

「そうだね、だから青柳君たちじゃなくて、従兄のチームが全中に出たの。私はその試合見てないから詳しく知らないけど、結果的には接戦でもなかったみたいだよ？」

「では、どうして印象に残ったのでしょうか……？」

勝手なイメージですが、接戦の試合ほど印象に残り、余裕がある試合ほど印象に残りづらいイメージがあります。

だから、それ相応の理由があると思いました。

「青柳君ってトップ下っていう司令塔のポジションなんだけど、凄く独特なサッカーをしていたんだってさ。チームとしての総合力に差がかなりあったから負けなかったけど、そうじゃなかったら負けていたかもしれないって、従兄は言ってたの」

サッカーはチームスポーツです。

一人の実力が飛び抜けていたとしても、周りのレベルが追いついていなければ勝つことはできません。

ですから、試合では普通に勝ったけど、青柳君の実力が凄くて印象に残った、ということでしょうか……？

しかし、独特なプレーとはどういうことでしょうか？

「まぁ、これだけだとわかりづらいよね。私だって、当時この話を聞いた時はよくわからなかったもん」

どうやら、清水さんは私の様子から、疑問を抱いていると察したようです。

いえ、この様子ですと、自身の体験から同じように考えられたのかもしれません。

「ただね、その頃から従兄は青柳君に凄く注目するようになったの。というか、従兄のところって私立中学だったんだけど、その学校に青柳君を引き抜こうとしていたね」

「え、えぇ？　そこまでされていたのですか……？　だって、全国大会を優勝された中学校なんですよね……？」

「多分、従兄にはわかっていたんだよ。青柳君は自分のチームに入れておかないとまずいって。実際、中学二年の中国大会では、従兄のチームは青柳君たちに決勝で負けているからね」

メンバーが替わっているとはいえ、前年度全国優勝したチームに、青柳君たちは勝った。

それがどのくらい凄いのか、サッカーをしていない私でもわかります。

「青柳君の力で勝利された、ということでしょうか……？」

話の流れ的にそうかな、と思ってそのように私は尋ねました。

しかし、清水さんは困ったように笑って口を開かれます。

「う～ん、難しいところだね。青柳君一人の力ではないと思うよ」

確かに、チームスポーツですもんね。

もし青柳君一人の力で勝てるのであれば、一年生の時も接戦には持ち込めていたと思いますので、やはりそれはありえないでしょう。

「ただ、青柳君の力が凄く大きかったのも間違いないかな。これは調べて知ったことなんだけど、元々青柳君たちのチームって、地区大会初戦で敗退するようなチームだったの」

「えっ、そうなんですか!?」

突然驚くべき情報を与えられ、私は思わず驚いてしまいます。

しかし、これは私以外の方でも驚くのではないでしょうか……？

なんせ、地区大会初戦で敗退していた学校が、急に中国大会に出たり、勝ち上がったりしているのですから……。

「どういう経緯があったのか知らないけど、青柳君たちの代で、小学生の時に活躍していた岡山の凄い選手が結構集まったんだよ。普通の公立校だから元々いたのか、それとも引っ越しとかでそうなったのかはわからないけど……だから、青柳君たちが入って一気にレベルは上がったんだ」

「それで、一年生の時に中国大会まで……」

「まぁ、でも普通ありえないけどね。いくら有望な選手が集まったからって、一年生主体のチームが中国大会にまで行くなんて。だから、三年生主体の従兄のチームは、従兄が一年生の時に勝てたんだと思うよ」

確かに、これも漫画での知識ですが、学生では一学年違うだけでかなりのハンデがあるみたいです。

それなのに、青柳君たちが勝ち上がれたのは、何か種があったのでしょう。

そしてそれが、おそらく――。

「そのありえないを可能にしたのが、青柳君だった。従兄は直接戦ってそれがわかったから、彼をどうしても引き抜きたかったみたいだね。彼は、チームのレベルを数段上げることができるの」

仕方がなさそうに笑い、肩をすくめながら清水さんが教えてくれた答えは、私が考えたことと同じでした。

実際にサッカーをやっていない私でも、こうして言葉にして頂ければ、青柳君がどれだけ凄かったのかがわかります。

「そして、二年生になってよりチームメイトが成長した青柳君たちに、従兄は勝てなかった。だから、従兄ってより青柳君に執着するようになって、全国では絶対にリベンジを――って、ごめん、なんでもないよ」

昔を思い出すかのようにして話されていた清水さんは、突如バツが悪そうに言葉を途切らせてしまいました。

彼女が発した言葉で、私にはある疑問が生まれてしまいます。

しかし、清水さんが言葉を濁《にご》らせてしまったところを見るに、私に教えたくない情報なのでしょう。

ですから聞かないようにしようかと思いましたが、ふと得られる情報があると思い、その確認のためにあえて質問を投げることにしました。

「先程の喫茶店《きっさてん》で、青柳君は全国大会に出ていないとおっしゃられました。彼の様子を見た限り、嘘は言っていないと思います。しかし、中国大会を優勝されているのであれば、全国大会に出場する資格を有していますよね？　何より、そこまで凄い従兄さんに認められている青柳君が、サッカーをやめられていることが気になりました。それらが、箝口令《かんこうれい》の件に繋がっているということですか？」

私は、あくまで問い詰めているわけではない、とわかるように笑顔で尋ねました。

すると、彼女はコクリッと首を縦に振ります。

「シャーロットさんが考えている通りだよ。だから、その辺に関してはこれ以上言えないんだけど……私が、彼のことを信用している理由は教えてあげられる」

彼女が先程まで話していたのは、あくまで青柳君の過去であり、彼女が信用していた理由ではありませんでした。

彼が全国大会に出なかった理由、サッカーをやめた理由は話せないけど、当初の私の質問には答えてくださるようです。

「中学二年の夏、従兄は青柳君の試合を見に行くために、私の家に泊まっていたんだ。そしてあまりにも青柳君のことを褒《ほ》めるから、従兄と一緒に私も青柳君たちの県大会を見に行ったんだよ」

そう話し始めた清水さんは、懐かしむように空を見上げました。

彼女にとってはいい思い出、なのかもしれません。

「行ったのは決勝戦だったんだけど、相手は県大会を何連覇《なんれんぱ》もしている強豪校で、青柳君たちが一年生の時に県大会の決勝戦で負けたところだった。だけど、結果は――」

「青柳君たちの勝ちだった、ですか？」

「正解。不思議だったんだよね。見てる感じだと実力は拮抗《きっこう》しているようだったのに、結果は3対0だった。それに青柳君ってさ、ミスも多いし、そんなに目立ってもなかったから、どうして従兄が彼を絶賛するのかわからなかったんだよね。だって、西園寺君とか、他の子たちのほうが圧倒的に活躍してたくらいだもん」

「………」

「あはは、そんな怖い顔をしないでよ。ちゃんと、家に帰って従兄に教えてもらったから。青柳君は一試合を通してゲームを組み立てていて、ミスは全て戦略的なものだって。他の子たちが活躍しているように見えるのも、青柳君が彼らの持ち味を活《い》かせる展開に持ち込み、良さを引き出しているおかげなんだってさ」

青柳君のことを悪く言われたので私が見つめますと、彼女は両手を顔の前で振って、説明をしてくださいました。

しかし、聞いていて疑問も出てきます。

「そんなことが、可能なのですか……？」

「うん、普通だと無理だよね。だけど、青柳君は洞察力に優れていて、よくみんなを観察してるんじゃないかな？　だから良さを引き出すことができて、相手の力を封じる戦略も取れる」

青柳君が周りを観察している、というのはそうなのかもしれません。

彼は、普段からクラスメイトの行動をよく見ていましたから。

「それに青柳君は、チームメイトのメンタルケアも凄《すご》いんだってさ。中学生なのに大人みたいな落ち着きがあるし、味方がミスをしてもすぐにフォローするから、彼がいるだけで選手たちは安心してるって従兄が言ってたの」

なるほど……道理で、エマの扱いが上手《じょうず》なわけです。

彼はエマの良さを引き出そうとし、決してあの子を頭から押さえつけることはしません。

そして何かあっても、あの子が納得するように事を運びます。

今までチームメイトたちのメンタルケアをし、選手としての良さを試合で引き出してきていたのでしたら、あの子一人くらい容易《たやす》いことなのでしょう。

「実際、中学のチームメイトが彼に接する態度を見ていると、慕《した》われてるんだなぁっていうのはわかったよ。だから、私は彼のことを信用しているの。昔の彼を知っているからこそ、今の彼がやっていることは本心じゃないってね」

清水さんはそう言うと、仕方がなさそうに笑みを浮かべになられました。

きっと、彼女は今の青柳君のことを見ていて、やりきれない気持ちになっているのではないでしょうか。

青柳君がクラスの雰囲気《ふんいき》を悪くすることが気に入らないんじゃなく、彼が自身を傷つけていることが嫌なんだ、というのが彼女の口ぶりからわかりました。

ただ、こうなってくると……。

「ん？　なんか微妙そうな顔をしてるけど、どうかした？」

思うところがある私の表情を見た清水さんが、不思議そうに尋ねてこられました。

私は言葉にするかどうか迷いましたが、彼女から少し視線を外して口を開きます。

「あの……清水さんが、青柳君のことを信用されていた理由はわかったのですが……青柳君のことをお好き、ということはないですよね……？」

私がそうお尋ねすると、清水さんは面喰らったように目を大きく開かれました。

そして――。

「ぷっ、あはは……！」

大笑いを、してしまいます。

「な、なんで笑うのですか……!?」

「だってさ、シャーロットさん滅茶苦茶《めちゃくちゃ》不安そうな顔で聞いてくるんだもん！」

「だ、だって……！」

「安心しなよ、私は従兄《いとこ》一筋だから。青柳君のことを好きなら、シャーロットさんに頼まず自分でどうにかしてるよ」

どうやら、私の考えすぎだったようです。

ただ、そうなるとやはり、彼女の青柳君への入れ込みようは納得いかないのですが……。

「あはは、納得いってない顔をしてるね。でもね、本当に好きじゃないよ。ただ――今やってることは嫌いだし、好きじゃないけど……尊敬は、してるんだ。だから、今のようなことをしてほしくない」

「そ、尊敬、ですか……!?」

「ごめんね、私従兄や西園寺君から色々と聞き出してるから、青柳君の過去をほとんど知ってるんだ。それで、正直私なら人間不信に陥《おちい》っているようなことが青柳君には起きているのに、彼は未だにまっすぐで誰かのために行動してる。だから、尊敬してるの」

清水さんは笑って出た涙を指で拭《ぬぐ》いながら、仕方なさそうに笑みを浮かべました。

人間不信になるほどの事――それが、私の中で凄く引っ掛かってしまいます。

「そ、それは、箝口令のこと、ですか……？」

「それもあるけど、それだけじゃないよ。シャーロットさんが思っているより、彼の過去は凄く重たいものなの。今笑っていられるのが不思議なくらいにね。だからさ、思うんだよ。いい加減、彼は幸せになっていいんじゃないかって」

「清水さん……」

青柳君の幸せを望むことをおっしゃった彼女の表情は、温かくてとても優しいものでした。

きっと、清水さんは青柳君と同じくらい、優しい御方なんだと思います。

「でもね、今日見て安心したよ。シャーロットさんなら、彼を幸せにできるんだって。だから、頑張ってね。最初に言った通り、私も協力するし応援してるから」

そう言う清水さんは、とてもかわいらしい笑顔を私に向けてくださいます。

その笑顔を見た私はわかってしまいました。

青柳君のやっていることを否定してはいても、彼女は彼のことが好きなのだと。

ただそれが、恋愛感情ではなく、友情に近いものだというだけで。

ただ、一つ疑問にも思ってしまいます。

そんな彼女が、どうして青柳君と仲良くしようとしないのか。

それが、不思議でした。

彼女なら、私に頼らなくても自身でどうにかできてしまいそうなのに。

……でも、これ以上踏み込むのはよくないのでしょうね。

ですからその代わりに、私は気になっていたもう一つのことを聞くことにしました。

今の彼女なら、正直に教えてくださる気がしましたので。

「清水さんのお気持ちは、わかりました……。正直にお話をしてくださって、ありがとうございます」

私は、まずはここまで話してくださった清水さんに対して、お礼を言いました。

そして、両手を胸の前で握り、不安に思ってしまったことを尋ねます。

「そ、それで、ですね……？　お話は、変わってしまうのですが……青柳君は、中学生の時にかなり、モテていらっしゃった、のでしょうか……？」

そう、私が聞きたかったのは、このことです。

話を聞く限りですが、中学時代の彼がモテていなかったようには思えませんでした。

そのため、清水さんにお尋ねしたのです。

「あれだね、シャーロットさんって結構好きな人のことになると、ネガティブになるタイプなんだね？」

私の質問をどのようにお受け止めになられたのか、清水さんは若干《じゃっかん》呆《あき》れ気味に笑ってしまいました。

「そ、そうは言われましても、先程お聞きしたことを踏まえますと……」

「う～ん、言わないように誤魔化《ごまか》してたんだけどなぁ……。まぁ、ここまでくると、誤魔化すほうが不安にさせるか。そうだね、実際追っかけの子は何人かいたよ？」

「や、やはり……！」

「まぁ、青柳君ってアイドルほどとは言わなくても、ルックス結構いいからね。それでサッカーも上手ってなれば、そりゃあモテないわけないよね？」

「そ、そうですよね、はぁ……」

予感が当たってしまい、私は落ち込んでしまいます。

青柳君が女の子に囲まれている姿を想像して、胸がとても苦しくなりました。

「でもさ、そんなの気にする必要ある？　結局それって昔の話で、今の彼に言い寄ってる女の子って一人もいないよね？」

私が溜息を吐いたせいか、清水さんは真剣な表情で私の顔を見つめてきました。

確かに、今まで青柳君の周りで、彼に好意的な女の子はいませんでした。

それこそ、今日東雲さんが彼に懐かれたくらいです。

ただ、それでも……もしかしたら、青柳君には既に意中の相手がいる可能性が……。

「う～ん、悪いけどさ、シャーロットさんって変なことを考えず、青柳君と仲良くすることだけを考えていたほうがいいと思うよ？　絶対、そっちのほうがうまくいくから」

「ど、どうしてそう思われるのですか……？」

「だって、シャーロットさん凄く魅力的な女の子だもん。男子なんて、傍にいられるだけでドキドキが止まらないと思うよ？　そんな子と仲良くなったら、意識しないわけないじゃん」

「そ、そうでしょうか……？」

「そうそう！　はい、この話はもう終わり！　シャーロットさん、このままだとずっとネガティブなこと言いそうだもん！」

首を傾《かし》げた私に対し、清水さんは笑顔で両手をパンッと合わせ、話を終わらせてしまいました。

「シャーロットさん、妹さんのお迎えがあるんでしょ？　これ以上長話したらだめだよ。じゃ、私みんなを追いかけて二次会行ってくるね！」

清水さんはそう言うと、私から逃げるようにさっさと離れてしまいます。

これ以上は話さない、という意思表示に見えました。

しかし、私は――。

「ま、待ってください！　最後にこれだけは教えてください！　清水さんは、青柳君にサッカーをもう一度して頂きたいのですか!?」

彼女は、従兄一筋と言われていました。

そしてその従兄さんは、おそらく青柳君の復活を望まれています。

そうであれば、清水さんは従兄さんの思いを優先されるのではないか、と私は心配になりました。

ですが――。

「……喫茶店《きっさてん》での青柳君、凄く幸せそうだった」

足を止めた清水さんは、とてもお優しい表情で振り返り、呟《つぶや》くようにそう言われました。

「えっ？」

「きっと、今の彼の日々は充実してるんだろうね。そんな彼の幸せを奪う権利は、私や従兄にはないよ」

彼女はそれだけ言うと、笑顔で私に手を振って、皆さんが向かった方向へと走っていってしまいました。

最後の言葉――。

青柳君がサッカーをするのであれば、きっと毎日が忙しくなることでしょう。

そうなると、私やエマの相手をしている暇はなくなるはずです。

だから彼女は、奪う、と表現したんだと思います。

「青柳君……私は、あなたを幸せにできているのでしょうか……？」

相手から答えが返ってくることはない。

そうわかっていながらも、私は空を見上げながらそう尋ねてしまうのでした。

◆

「――それで、話ってなんだ?」

シャーロットさんたちから離れた後、彰と一緒に公園へと移動した俺は、早速本題に入る。

一応尋ねてはいるが、彰の様子的に話したい内容はなんとなくわかってしまった。

今まで先延ばしにしていた話を、しないといけない時が来てしまったのだろう。

彰はジッと俺の顔を見つめた後、何やら考える素振りを見せた。

話があると言ったはいいものの、本当に聞いてもいいのか悩んでいるようだ。

少しして、覚悟が決まったのだろう。

彰は真剣な表情をし、まっすぐに俺の目を見つめてきた。

そして、ゆっくりと口を開く。

「なぁ、明人。お前――シャーロットさんと、付き合ってるのか?」

「うん、そう――えっ?」

てっきり《シャーロットさんのことが好きなのか？》と聞かれると思っていた俺は、予想外の質問にまぬけな声を出してしまった。

彰の意図が汲《く》み取れず、俺は訝《いぶか》しげな目を向ける。

「いやだってさ、シャーロットさん何度も明人のことを見つめてたし、二人とも肩が当たりそうな距離で座ってたじゃないか。あんなの、普通ありえないだろ？」

……やはり、シャーロットさんとの距離は近すぎたか。

俺もそう思ってはいたのだが、正直距離が近かったのが嬉しくて口に出せなかった。

それに、シャーロットさんがどこか嬉しそうだったので、言いづらかったというのもある。

しかし、こうなるならやはり離れとくべきだった。

「距離が近かったのは、三人で並んで座っていたからだろ？　狭い席だと、普通のことじゃないか」

「じゃあ、シャーロットさんが明人の服を摑《つか》んでいたのは？」

「えっ……？」

「俺が俯瞰《ふかん》的に物を見れるってことは知ってるだろ？　途中からシャーロットさんがお前の服の袖《そで》をずっと摑んでたの、見えていたよ」

彰は怒るんじゃなく、呆れたように苦笑いを浮かべた。

どこか諦めに近い思いが感じ取れる。

俯瞰――高いところから見下ろすように物事を見る、という意味だ。

俯瞰で物事が見えるのは、優秀なサッカー選手に求められるスキルの一つ。

いや、正確には持っていれば、優秀なサッカー選手の素質があるという感じか。

俯瞰的に見えるとは本当に空から見ているわけではなく、目から入った情報を脳が変換し、まるで上から見ているかのように空間を把握《はあく》できるというもの。

彰には幼い頃からその能力があった。

一緒にサッカーをしなくなってから、すっかり忘れていたな……。

「そう、だったな……。なんと言えばいいかな……付き合っては、いないんだ」

これ以上誤魔化すのは不可能と理解した俺は、正直に話をすることにした。

やましい気持ちがなかったとも言えないし、罵倒《ばとう》されるとしたら仕方がない。

「付き合ってはないけど、仲はいいと思う。プライベートで関わりがあるんだ」

「なるほど、そうだったんだな……。まぁ明人が隠したがる気持ちはわかるし、別に親友だからって全てを話せ、なんていう重たいことも言う気はねぇよ」

彰はどこか困ったような表情をした後、ニカッと笑みを浮かべた。

見るからにやせ我慢というのはわかるが、その気持ちが今は有り難い。

仲良くない奴ならともかく、親しい人間とは重たい会話をしたくないからな。

「悪いな、お前の気持ちは知ってたのに、隠してて……」

「さっきも言ったけど、なんでもかんでも俺に話さないといけないわけじゃないだろ？　気にしなくていいんだ」

「まぁ、うん……だけど、これだけは言わせてくれ。隠してて悪かった、ごめん」

俺は言い訳をせず、彰に頭を下げた。

すると、彰はポリポリと頬《ほお》を指で掻《か》き、困ったように口を開く。

「だから謝るなって。むしろ、納得がいったというか、そういうことだったのかってわかったからさ」

「ん？　なんの話だ？」

「いや、そりゃあ、お前――って、こういうのって、外野が教えたら駄目だったんだっけ……？」

俺が首を傾げると、彰は何かに気付いたように言葉を止め、その後ブツブツと呟いていた。

なんで、俺の周りにはこんなに独《ひと》り言《ごと》を言う人間が多いんだろう？

俺が原因なのか……？

「なぁ、明人」

「なんだ？」

「俺――シャーロットさんのこと、諦めるわ」

「……は？」

俺は耳を疑う内容に、思わず彰の顔を訝しげに見つめてしまう。

そんな中、清々しいほどの笑みを浮かべている彰が、俺の肩に手を置いてきた。

「シャーロットさんは、明人に譲《ゆず》るよ。だから、お前は頑張って彼女と付き合え」

俺は、彰の言葉に再度耳を疑う。

シャーロットさんを俺に譲る？

何を考えているんだ……？

「いや、何言ってるんだよ？　彰、シャーロットさんのこと好きなんだろ？」

「もう好きじゃない」

「ふざけてるのか……？」

今までシャーロットさんに一生懸命アタックしていたのに、こんなことを言われて俺が信じるはずがない。

こんなの、俺に遠慮《えんりょ》しているのがまるわかりじゃないか。

「そんなことをされて、俺が喜ぶと思っているのか？　彰が諦めるくらいなら、俺が――」

「お前こそ、ふざけてるのか？　そんなことしたら、絶対に俺はお前のことを許さないぞ？」

俺が何を言おうとしているのか、わかったのだろう。

彰は俺の顔を睨《にら》むように見つめてきた。

「彰が先に言い出したことだろ……？」

「そうだけど、俺と明人では立場が違うだろ？　俺は、今までどれだけアタックしても、シャーロットさんに壁を作られている関係だ。だけど、明人はシャーロットさんと凄《すご》く仲がいい。プライベートで関わりがあるってのがどういう関係か知らないけど、彼女が明人に心を許しているのは明らかだ。だから、俺とお前だと、諦めるというのでも全然違うんだよ」

確かに、彰の言う通りシャーロットさんは未だに、クラスメイトたちに壁を作っている節がある。

おとなしくて優しい子だから拒絶はしていないけれど、どこかよそよそしいのだ。

彰はそのことを言っているのだろう。

「そんな立場なんかで、諦めるかどうかを決めるのはおかしいだろ……？」

「それだけじゃない。俺は、こっちのほうがいいと思った。明人ならシャーロットさんを幸せにできるだろうし、明人のほうが絶対に希望があるからだ。だけど、お前の場合は違うだろ？　俺に、罪悪感があるから譲りたいんじゃないのか？」

「…………」

彰の言葉が図星だった俺は、言い返す言葉がなく黙りこんでしまう。

そしてそんな俺の顔を見た彰は、悲しそうに笑って口を開いた。

「なぁ、明人。罪悪感を抱いているような関係を、友達っていえるのか？」

「何が言いたいんだ……？」

俺が尋ね返すと、彰は大きく息を吸った。

「いつまで、過去に囚われてるんだよ……！　俺の足の怪我《けが》は、お前のせいじゃない！　俺が無茶をしたせいだ！　俺たちが全国大会で大敗して醜態《しゅうたい》を晒《さら》したのも、お前がいなかったからじゃない！　俺たちがお前に頼りすぎていて、冷静さを失ったからだ！　それなのに、お前はいつまで自分で罪を背負っていこうとするんだよ……！　何も悪くないお前に、罪を背負われる人間の身にもなってくれ……！」

そう怒鳴る彰は、とても悲痛な面持《おもも》ちをしていた。

こんな彰、初めて見る。

思い返せば、彰と言い合いをしたのなんて小学生の時くらいだ。

「どうして、俺が悪くないなんて思えるんだよ……？　全ての原因は、俺にある。だから、俺が償《つぐな》わなければならないんだ」

「なんでそうなるんだよ……！　それで自分を傷つけて、俺を持ち上げて――いい加減、気付いてくれよ！　俺は、そんなことを望んでいない……！」

「彰……」

泣きそうなほどに辛《つら》そうな顔をする親友を前にし、俺は胸を締め付けられた。

俺がしていたことは、彰を苦しめていたのか……？

だけど――。

「俺は多くの仲間の将来を奪い――大切な人を、傷つけたんだ。その償いは、しないといけないんだよ」

　彰が一番の被害者だけど、他にも多くの被害者がいる。

　そんな彼らのことを忘れることは、できない。

「この、わからず屋が……！」

「悪いな。その代わり、彰を持ち上げようとすることはやめるよ」

　彰がそれに苦しみを感じるのなら、仕方がない。

　そうなってしまえば嫌がらせでしかないのだから、やめるべきだろう。

「シャーロットさんのことはどうするんだ？」

「それは、やっぱり――」

「もし、明人が諦めるって言うんなら、俺はもう今後お前の友達をやめるからな」

「彰……わからないな、どうしてそこまで必死になるんだ……？　そんなことを言って、彰にいったいなんの得がある？」

「得とか、そういう話じゃないんだよ……！　親友に、幸せになってほしい！　いい加減過去に囚われず、前を向いてほしいんだよ……！　それが、そんなにおかしいことか……!?」

　彰の気持ち、言いたいことはわかる。

　俺だって、彰に幸せになってほしい。

　だけど――どうして、彰が諦める必要があるんだ……。

そこが、納得いかなかった。

「なら、彰も諦めるなよ。そこが、おかしいだろ？」

「……そうじゃないと、お前が俺に遠慮するだろうが……」

「結局、俺のせいじゃないか……」

やるせなくなって、俺は思わず笑ってしまう。

すると、彰が俺の両肩を掴《つか》んでいる手の力を緩《ゆる》め、真剣な表情で俺の目を見つめてきた。

「なぁ、明人？　本当は、勘違いだった時が怖いだけで、心当たりがあるんじゃないか？　勝負は、既についているだろ？　俺に、叶わない恋をし続けろって言うのか？」

「それは……」

図星を衝《つ》かれた俺は、思わず言葉を詰まらせてしまう。

「やっぱりな……。何年お前と一緒にいると思ってるんだ。お前が俺のことをわかっているように、俺だって明人のことをわかってるんだよ」

「しかし、まだ俺の勘違いかもしれないし……」

「そうだとしても、俺に勝ち目はないよ。これはいい機会だったんだ。俺は、気持ちを切り替えて前に進む。だから、明人は明人で頑張ってくれ。とりあえず、それを今回の落としどころにしよう」

「彰……わかった。お前が決めたことなら、もう何も言わないよ。そして、ありがとう」

自分の気持ちを押し殺して、俺を応援してくれた親友に対し、俺はお礼を言った。

ただ、これも言っておかないといけない。

「まぁでも、どうするかを決めるのって、結局シャーロットさんなんだけどな」

彰は譲ると表現したが、それはシャーロットさんの気持ちが入っていない。

俺や彰以外を彼女が選ぶことだって十分にありえるのだ。

そう思って俺は言ったのだけど、なぜか彰は呆《あき》れたような表情をしてしまった。

「俺、いい加減明人の顔面を一発殴《なぐ》りたいわ」

そして、とても物騒なことを言ってくる。

「きゅ、急になんだよ？」

「昔から納得いかないんだよな。《ピッチ上の支配者》とまで呼ばれていた大胆不敵《だいたんふてき》なお前が、こと恋愛事に限れば鈍感で自信がなくなるんだから」

「お、おい!?　お前、絶対そのあだ名を他の人の前で呼ぶなよ!?　中学の時から嫌で仕方なかったんだからな！」

「あの頃ってそういうのに憧れる年頃だったんだから、まぁいいんじゃないか？　みんな、年頃だったんだなって思ってくれるさ」

「その言い方だと、俺がそう呼ばせたみたいになるだろうが!?　勝手にあだ名を付けられたせいで、監督や先輩から弄《いじ》られまくってたんだからな!?」

俺は中学時代の苦い記憶を思い出し、彰を必死で説得する。

挙句《あげく》、試合を応援に来てくれた子たちからも、そのあだ名で苦笑いされたことがあるのだ。

こんなの、風評被害のようなものだ。

「はは、わかったわかった。とりあえず、明人が前を向いてくれそうでよかったよ」

「お前なぁ……絶対、そのあだ名で呼ぶなよ？」

「わかったって。じゃ、俺ももう行くわ。二次会を提案しておいて、参加しなかったらさすがに怒られるからな」

「そうだな。……そういえば、前から一つ疑問だったことを聞いていいか？」

「ん？　なんだ？」

「彰って、彼女を求める割にはファンの子の誘いを全て断ってるよな？　中にはかわいい子も結構いたし、彰の好みの子もいただろ？　どうして、断っているんだ？」

普段は彼女欲しさに冷静さを失うのに、ファンの子には手を出そうとしない。

これがプロなら話はわかるけれど、彰は中学の時からずっとこの姿勢だった。

それが、俺には矛盾《むじゅん》にもとれて理解できない。

しかし、彰は俺の質問に対し、仕方なさそうに苦笑いを浮かべた。

「だってさ、ファンの子が見てくれてるのって、サッカーをしてる俺だけだろ？　性格とかを見てくれてるわけじゃなく、憧れに近いような感じだ。そんな子と付き合ったとして、うまくいく気がしないんだよ。明人だって、同じ考えなんだろ?」

なるほど、そういうことか。

「そうだな……。サッカーをしている姿は、あくまで自分の一部でしかない。それなのに、そこだけを見られて判断されても困るよな」

「そういうことだな。さて、いい加減行かないとまずいな。明人は本当にこないのか?」

彰はグッと背伸びをし、最終確認をしてきた。

だけど、俺の意見は変わらない。

「そうだな、楽しんでこいよ」

「わかった。明人は、シャーロットさんと二人だけでお楽しみってわけか」

「――っ!? ばっ、そんなんじゃない! というか、今の言い方なんかおかしかったぞ!? 変な意味を込めて言っただろ!?」

思わぬ彰の返しに、俺は顔が熱くなるのを感じながら怒ってしまう。

すると、彰はニヤニヤと意地の悪い笑みを浮かべた。

「変な意味ってどういう意味だ? 明人は、意外とむっつりなのか?」

「おまっ……!」

「はは、こんなに焦る明人、久しぶりに見たよ。いいものが見れてスッキリした。じゃ、俺はもう行くわ」

「こら、彰……！　くっ、相変わらず足が速い……！」

手を挙げた彰は、トップアスリート並の速度で走っていった。

背中はみるみるうちに小さくなり、もう俺の声が届かない場所に今はいるだろう。

「たくっ……」

俺はそんな親友の後ろ姿を見つめながら、溜息を吐いた。

「慣れない気遣い、いらないんだよ……」

もう届かないとはわかっていても、俺はそう漏《も》らしてしまった。

だけど、心は変に清々しい。

全てが解決したわけではない。

むしろ、ほんの一部だろう。

それでも、俺は肩の荷が一つ下りた気分だった。

少なくとも、これからは後ろめたさなしで、シャーロットさんと向き合えそうだ。

「ありがとう、彰」

俺は聞こえないとわかっていても、俺のために決断してくれて、明るく努めようとしてくれた親友に対し、お礼を言うのだった。

第五章

「美少女留学生が求めるもの」

彰《あきら》と話し合ってからは、再び幸せの毎日だった。

エマちゃんは相変わらず甘えん坊でかわいくて仕方がなく、相手をしているだけで心がとても癒《いや》された。

そして、シャーロットさんはちゃんと俺と目を合わせてくれるようになり、今ではまた一緒に漫画を読む仲へと戻っている。

その際の読む体勢は、始めの時と一緒だった。

どうやら彼女はあの体勢を気に入ったらしく、顔を赤く染めて嬉しそうに俺の股《また》の間に座ってくるのだ。

それどころか、最近では時々俺の背中にソッともたれてくる。

もしかしたら、ただ疲れて、もたれてきてるだけなのかもしれないけど、それでも彼女が俺に気を許してくれているのがわかり、とても嬉しかった。

そして、彰との一件以来、俺の中で何かが変わったのだろう。

最近話していると、シャーロットさんが甘えたそうに上目遣いをしてくる時があるのだが、そんな時俺は、彼女の頭を撫《な》でるようになっていた。

というのも、最初に彼女がその上目遣いをしてきた時に、思わず頭を撫でてしまったのだ。

すると、一瞬彼女は驚いて身を固くしたけれど、すぐにエマちゃんのような気持ち良さそうな表情を浮かべてしまった。

目を細くし、撫でられることにだけ意識が飛んでいるような、蕩けた表情だ。

そして手を止めると、悲しくて寂しそうな表情で見つめられてしまう。

また、上目遣いをされた時に撫でなければ撫でないで、モジモジとして俺の服の袖《そで》を引っ張ってくる。

そんなふうにされるとこっちも我慢できないわけで、結果、シャーロットさんが甘えたそうな上目遣いをした時は、頭を撫でてほしい合図なんだと思い、撫でるようになったのだ。

正直時々エマちゃんを二人相手してるのかな、と思わなくはないけれど、甘えるようになったシャーロットさんがかわいすぎて気にならなかった。

甘えん坊二人の相手をする日々。

そんなの幸せ以外の何物でもないだろう。

――と、そんなふうに幸せを噛《か》みしめていたある日のこと。

保育園から帰ってきたエマちゃんが、泣きじゃくりながらシャーロットさんに怒っていた。

『エマちゃん、どうしたの……？』

ドアを開けるとエマちゃんが大泣きをしていたので、俺は心配になり声をかけてみる。

声をかけると、シャーロットさんに抱っこされながら暴れていたエマちゃんは、俺に両手を伸ばしてきた。

抱っこして、ということなのだろう。

『おいで、エマちゃん』

とりあえず、このままシャーロットさんに抱っこさせるのは、エマちゃんが暴れているのもあり危険だと判断し、俺はシャーロットさんからエマちゃんを受け取った。

『よしよし』

俺はまず、エマちゃんの頭を撫でて落ち着かせる。

エマちゃんは俺の胸に顔を押し付け、おとなしく撫でられてくれた。

「それで、何があったの？」

俺は腕の中でぐずっているエマちゃんをあやしながら、日本語でシャーロットさんに尋ねてみる。

すると、彼女は困ったようにエマちゃんを見つめ、ゆっくりと口を開いた。

「保育園に……行きたくない、と言い出したんです……」

「えっ？　どうして……？」

エマちゃんは、毎日楽しそうに保育園へと通っていた。

それなのに、急にこんなことを言い出すなんて……何があったんだろ？

「どうやら、今日クレアちゃんが体調不良で休んだようなんですよね……」

「えっ、もしかして、それが原因？」

「他には、何も言いませんので……」

クレアちゃんが休んだから、もう保育園に行きたくない？

いくらなんでもそれはおかしいだろ……？

俺は視線を、腕の中のエマちゃんへと向けてみる。

すると、エマちゃんは未だに俺の胸に顔を押し付けていて、不機嫌な様子だった。

グリグリと顔を押し付けてくるのは、エマちゃんが不満をアピールしている時だ。

頭を撫でているのに、全然機嫌が良くならない。

こんなこと、滅多《めった》にないのだが。

「ごめん、シャーロットさん。多分だけど、理由は他にあると思うよ」

「やはり、そうですよね……？」

「うん、クレアちゃんが休んでるだけだったら、体調が治ればまた保育園に来るってことは、エマちゃんもわかってるはずなんだ。クレアちゃんが来るまで保育園に行きたくない、というならまだわかるけど、もう行きたくないってことは、別に理由があると思う」

「私も、同じことを考えました。でも、この子何も答えてくれなくて……もしかして、いじめ、でしょうか……？」

シャーロットさんがそう考えてしまうのも仕方がなかった。

エマちゃんが理由を答えないのは、何かを隠しているということになってしまう。

そうなってくると、考えないといけないのがいじめなのだ。

いじめだと、自分だけで抱えて親に言えない子供は多い。

特にエマちゃんは我が強くて、自分中心で物事を考えてしまう節がある。

そういう子は、いじめのターゲットにされやすいのだ。

また、無自覚ないじめをされている可能性もある。

幼い子は時に残酷《ざんこく》だということを、俺はよく知っていた。

幼いからといって、いじめはないと考えるのは危険だ。

「とりあえず、まずは保育園で状況を確認しよう。保育士さんが何か知ってるかもしれないからね。心配なのはわかるけど、状況もわからずに動くと却《かえ》って悪い方向に行きかねないしね」

「青柳《あおやぎ》君……そう、ですよね……。わかりました、明日聞いてみます」

俺の意見を聞いたシャーロットさんは、コクリと頷《うなず》いた。

だけど、やはり心配そうにエマちゃんを見つめている。

急にエマちゃんがこんなふうになってしまえば、心配で仕方がないだろう。

「シャーロットさん、明日は俺も一緒に保育園に行ってもいいかな？」

彼女一人に任せるのは、しんどい思いをさせることになる。

そう思った俺は、余計なお世話になるかもしれない、とわかっていながらもお願いせずにはいられなかった。

「いいのですか……？」

「シャーロットさんが嫌じゃなかったら、行かせてほしい」

「ありがとうございます……。もちろん、嫌ではございません。青柳君、お願いします」

「よかった、ありがとう」

頭を下げてきたシャーロットさんに対し、俺はお礼を言った。

ここまで踏み込むんだ。

何かしらの手がかりくらいは絶対に摑《つか》もう。

ただ、願わくば――俺たちの考えすぎで、ただエマちゃんが駄々《だだ》をこねてしまっただけ、という形で終わってほしい。

――一応、この後エマちゃんに聞いてみたけれど、返ってくる内容はシャーロットさんと同じようなものだった。

だから、俺たちは予定通り保育士と話をしようと思った。

「――えっ、エマちゃんがそんなことを……？」

翌日、泣きじゃくるエマちゃんをシャーロットさんが保育園へ預けた後、シャーロットさんに連れられて出てきてくれた保育士さんは、俺たちの話を聞いて驚いていた。

年齢は、美優《みゆ》先生と変わらないくらいだろうか？

天然でフワフワとした綺麗《きれい》な金髪に、染み一つない純白の肌。

何より、顔付きを見るにこの女性も海外の人のようだ。

「何か心当たりはありますか？」

俺は保育士さんの表情や仕草に注意しながら、早速聞きたかった内容を尋ねる。

あえて、エマちゃんから聞いていることは口にしなかった。

保育士さんに先入観を持たれては、知りたかった情報から遠ざけてしまうかもしれないし、相手に何か隠し事があった場合、こちらが知っている情報量を明かしてしまうと、うまく躱《かわ》されてしまう。

だから、俺はこちらの知っていることは隠しつつ、探りを入れることにした。

こういう嫌な役はシャーロットさんにさせられないため、保育士さんと基本的に喋《しゃべ》るのは今回俺の役目だ。

「それって……クレアちゃんがいなかったから、言い出したんだよね……？」

そのことについて、こちらは触れてもいない。

ということは、エマちゃんが言っていたようにそこが原因なのか？

しかし……。

「そうですね。ただ、それだけでもう保育園に行きたくなくなるとは、考えられなくて。他に、原因があるんじゃないかと考えています」

俺がそう言うと、保育士さんは口元に手を当てて考え始める。

思い当たる節があるような態度。

ただ……戸惑っているようにも見えるのは、どうしてだ？

「あの……彼氏さんは、この保育園についてどこまで聞いているの？」

「か、彼氏さん!?」

保育士さんが俺のことを彼氏だと言うと、シャーロットさんが顔を真っ赤にして素《す》っ頓狂《とんきょう》な声を上げてしまった。

俺はそんな彼女を手で制しつつ、笑みを浮かべながら口を開く。

「すみません、ベネットさんとは友人の関係なんです。自己紹介が遅れましたが、青柳明人《あきひと》と言います。よろしくお願い致します」

「あっ、そうだったんだね。お似合いだと思ったから、間違えてしまったの」

「お似合い!?」

「ごめん、シャーロットさん。ちょっと話が進まないから……」

また大袈裟《おおげさ》に驚いているシャーロットさんに、俺は苦笑いで声をかける。

こんなの社交辞令みたいなものだから、馬鹿正直に反応しなくてもいいのに……。

ただ、この反応を見ていると、やっぱり俺や彰の勘違いではないのかもしれない。

「保育園に関しては、日本在住の外国人の子が通うところ、と聞いています」

俺は、ペコペコと頭を下げるシャーロットさんに笑顔を向けた後、正直に答えた。

すると、保育士さんは困ったように笑う。

「うん、その認識であっているよ。ただ……外国人の子とは言っても、日本語で話す子たちをメインに預かっているの。ほら、日本に住んでいるということは、日本語が第一言語になっていることが多くて」

その説明を受けた瞬間、俺は反射的にシャーロットさんを見た。

すると、彼女は青ざめた表情で俺に視線を向け、ブンブンと首を横に振ってしまう。

どうやら、彼女もこの事実は知らなかったようだ。

「すみません……認識違いがあったようなのですが、ここでは英語などを喋《しゃべ》る子はいない、ということですか？」

「ううん、ごくたまにだけど、いるよ。エマちゃんと仲がいいクレアちゃんも、英語しか話せないし」

なんとなく、見えてきた。

どうしてクレアちゃんがいないことが、エマちゃんの保育園へ行きたくないに繋《つな》がっているのか。

　そして、保育士さんがわざわざ俺に、保育園のことを聞いてきたことも。

「外見差別などを防止するための施設、だったというわけですか……」

「うん、幼い子は自分と違うものに興味を示す反面、無自覚に相手を傷つける言葉を投げたり、関わろうとしないことがあるから、そういうのを恐れた親御さんが、この保育園にお子さんを預けるの」

「なるほど……ただ、そういうのは入園申し込みの際にもお話し頂けるものですよね？　ベネットさんは聞いていないようなのですが、どうして教えて頂けなかったのでしょうか？」

「うぅん……きちんと、申し込みの際に説明はさせてもらってるよ。ただ……彼女ではなく、お母さんのほうになるけど……」

　嘘だろ……？

　確かに、手続きをするのならシャーロットさんじゃなくて親だ。

　しかし、今のが事実だとすると……。

「お母さんは、わかっていてエマを、この保育園に預けたのですか……？」

　信じられない事実に、シャーロットさんの声が固くなる。

　目は大きく開かれ、動揺《どうよう》を露わにするように揺れていた。

「ひとまず、事情はわかりました。今日、クレアちゃんはどうでしょうか？」

俺はシャーロットさんを背に庇《かば》うように立ち、保育士さんに話しかける。

「まだ熱が下がらないようで……今日も、お休みすると連絡があったよ」

やはり、そううまくはいかないか……。

仕方がない。

「それでは、こちらの事情で申し訳ないのですが、なるべくエマちゃんから目を離さないで頂けますでしょうか？　言語が通じる友人がいないとなると、あの取り乱しようも仕方がないと思いますので……。本当は、連れて帰るほうがいいのでしょうが……」

俺もシャーロットさんも、これから学校がある。

今までエマちゃんは一人でお留守番をしていたのだから、家に置いておく自体は問題ないのかもしれないが、今から連れて帰るとなると確実に遅刻だ。

シャーロットさんの両親が迎えに来てくれるならまだいいけれど、彼女と出会って以来一度も会ったことがない。

ましてや、朝や夜にシャーロットさんたちの面倒を見ている様子がなかった。

きっと何かしらの込み入った事情があるのだろう。

そこに踏み込むだけの余裕が、今はない。

とりあえずここは、保育士さんに任せるしかなかった。

「うん、わかってるよ。今もなるべく目は離してないから、安心してね」

「ありがとうございます。それでは、よろしくお願い致します」

俺は深々と頭を下げ、感謝の意を伝えておく。

そして頭を上げると、シャーロットさんに笑顔を向けた。

「とりあえず、学校に行こう。話は、歩きながらでもできるだろうから」

まず解決しないといけないのは、保育園ではなくシャーロットさんのほうだ。

そう思ったからこそ、俺は早々に保育士さんとの話を切り上げて、シャーロットさんに声をかけた。

多分、ここから先は保育士さんに聞かせないほうがいいはず。

だから、移動しながら話すのがベストだ。

「お母さん、どうしてこんなことを……」

学校に向けて足を進めてすぐ、シャーロットさんはそう口にした。

子供の言語が通じない保育園に預ける。

それは、子供を想っている親なら避けるんじゃないだろうか？

ましてや、シャーロットさんにはあえて隠していたようだ。

彼女が動揺するのも仕方がないだろう。

「エマちゃんが早く日本語を覚えるようにしたかった、とか？」

「それは強引にもほどがありますし、身につくとも思いません」

ではないので身につかない。

言語を身につけるにはその環境に身を置くのが効果的とはいえ、周りがそれしか喋らないのであれば、元の意味を理解できないので身につかない。

ましてや、エマちゃんは幼いのだから、恐怖を植え付けることにもなりかねない行為だ。

普通に考えればやらないだろう。

「シャーロットさんのお母さんって、結構強引な人なの？」

俺は彼女の母親を知らない。

まずその人の人柄を知らない限りは、考え方などわかるはずもなかった。

「いえ、とても優しくて聡明な人です。少なくとも、このような強引なことはしません」

どうやら、シャーロットさんの母親は彼女とよく似ているようだ。

となれば、尚更こんなことをした理由がわからない。

「何か、あの保育園じゃないと駄目な理由があったのかな……？」

もし強引に押し進めるのであれば、そうせざるを得ない状況だった、とも考えられる。

そのことを俺が口にすると、シャーロットさんは一気に表情を曇らせた。

「あまり、自分の母親を悪く言いたくはありませんが……日本に来る少し前から、お母さんどこか変だったんです」

「変だった？」

「日本行きが急に決まったと思いましたら、住む場所や通う学校を私に相談もなく勝手に決めて……挙句《あげく》、エマの手続きが遅れたから私も学校に通うのを遅らせる、と言ったところ、反対されてしまったんです。私は学校に行かないとだめって」

「そ、それは、かなり強引な人、だよね……？　それに、幼いエマちゃんを家に残していたのも、そういう理由だったなんて……」

「そもそも、手続きが遅れたのだって、今となっては本当かどうかもわかりません。あのお母さんが、そんな書類ミスをするとは思えないのです」

「でもそこまで疑ってしまうと、全部が怪しく見えてしまうから……」

「あっ……ご、ごめんなさい……。そうですよね、私、冷静さを欠いていました……」

シャーロットさんが、ここまで他人の愚痴《ぐち》を言うのはかなり珍しい。

それだけ、精神状態が良くないんだろう。

それに、色々と不安や不満を抱えていたのに、今までそれを見せないようにしていたのがよくわかった。

それにしても、優しくて聡明な人とは思えないやりようだな。

シャーロットさんが変だったと言ったのも、わかる。

彼女からしてみれば、まるで別人を相手にしているかのような感覚だったんじゃないだろうか。

「お父さんには相談できないの？」

お母さんがおかしいのなら、お父さんを頼る。

それが自然の形だと思っていた俺は、迂闊《うかつ》にもシャーロットさんにそう尋ねてしまった。

それにより、彼女の表情が一気に強張《こわば》る。

「シャーロットさん……？」

「お父さん、いないんです……。数年前に、事故で亡くなって……」

「あっ、ご、ごめん……！」

しまった——と思っても、もう遅い。

一度言葉にしてしまったものは、もう呑《の》みこめないのだ。

俺は迂闊に踏み込んだ自分の愚かさを呪いながら、シャーロットさんへと頭を下げた。

すると、彼女は笑顔を俺に向けてくれる。

「いいんです、もう昔のことですから」

シャーロットさんはそう言ってくれたけれど、彼女の笑顔に力はなかった。

無理に笑ってくれているのがありありと伝わってくる。

「本当にごめん、怒ってくれていいから……！」

「怒れませんよ。青柳君には今までたくさん助けて頂いて、感謝しかないんです。お父さんの件だって、青柳君が心配してくださったからこそ、出た言葉ではないですか？　ですから、怒ったりなんてしませんよ」

「だけど……」

「そんなに、自分を責めないでください。青柳君が辛《つら》そうな表情をしたり、自分を責めているようなところを見るのが、一番辛いんです。あなたには、ずっと笑っていてほしいから」

シャーロットさんは優しい笑みを浮かべると、ソッと俺の頬《ほお》に触れてきた。


今傷ついているのは、彼女なのに。

いろいろと抱えて大変なのは、彼女なのに。

誰かに慰めてほしいのは――彼女なのに。


俺は、何をしているんだ。

「ありがとう」

俺はもう謝ったりしなかった。

それを、彼女が望んでいないとわかったから。

だから、その代わりに笑顔を彼女に見せる。

「シャーロットさんのお母さんが、何を考えていたのかはわからない。だから、まずはシャーロットさんの考えを教えてくれないかな?」

「私の考えを、ですか……？」

「エマちゃんの状況を知って、シャーロットさんはどうしたいのか。それを教えてほしいんだ」

「私は……」

シャーロットさんは、一度言葉を区切って目を閉じる。

「エマを、別の保育園に通わせてあげるのがいいと思います。ただ……そうなると、引っ越しの必要があるでしょうが……」

外国人の子専用の保育園はそうそうない。

彼女が考えている通り、英語などをはじめとした、外国語を話す子供たちが集まる保育園へ変えるとなると、最低でも引っ越しが必要だ。

むしろ、県内にあるのかどうかすら怪しい。

もしかしたら彼女は、母親と離れることまで覚悟しているのかもしれないな。

今でさえほぼ家に帰っていないのなら、離れても変わらない、と思っている可能性がある。

「シャーロットさんは、それがいいと思うんだね？」

「……わかりません。わからないですよ、本当は……」

俺が確認をすると、シャーロットさんは辛そうに目を伏せてしまった。

「シャーロットさん……」

「だって、こんなの……あんまり、ではないですか……。やっとこの生活に慣れてきたと思って……青柳君とも、仲良くなれて……。エマだって、青柳君と離れることを望むはずがありませんし……私だって、引っ越しをしたくはないですよ……。教えてください、青柳君……。私は、どうしたらいいのですか……？」

彼女は泣きそうな表情で俺の顔を見つめ、自分の胸の内を話してくれた。

よかった。

このまま彼女が引っ越しをすると言い切った場合、俺にとやかく言う権利はなかった。

だけど、迷ってくれているのなら――俺を、頼ってくれるのなら。

まだ、口出しはできる。

「俺も解決策を考えるよ。だから、シャーロットさんは早まらないで。まずは、お母さんとちゃんと話をしてみようよ。もしかしたら、何かすれ違いが起きているだけかもしれないから」

すれ違いとは言わなくても、シャーロットさんが向き合えば、お母さんは自分の考えていることを教えてくれるかもしれない。

そうなれば、それがこの問題を解決する糸口になる可能性がある。

まずは、彼女に母親と話をしてもらう。

その間に俺は俺で、この問題を解決する方法を見つける。

「わかりました……。とりあえず、お母さんとお話をしてみますね」

「うん、それがいいよ。それじゃあ、少し急ごうか。ゆっくりとしてたから、このままだと遅刻するかも」

「はい、そうですね……」

シャーロットさんが頷《うなず》いたことを確認し、俺は足を踏み出した。

「――青柳君」

「ん？」

「少しだけ、こうさせてください……」

どうしたのだろう、と思うと、シャーロットさんは急に俺の腕に抱き着いてきた。

そして、頭を俺の肩にのせる。

「シャ、シャーロットさん……？」

「少しだけでいいんです……。お願い、します……」

これは、思った以上に弱ってるな……。

それだけ今回のことはショックだったんだろう。

「うん、いいよ。少しだけ、こうしておこう」

俺は時間ギリギリまで、シャーロットさんに肩を貸す。

鼓動が速くなりすぎて心臓が痛いけれど、シャーロットさんがこれで癒《い》えてくれるのならよかった。

それに、こんな時に良くないとはわかっていても、俺もシャーロットさんとこうしていられるのは嬉しい。

――その後、シャーロットさんがゆっくりと俺から離れたので、俺たちは駆け足で学校に向かうのだった。

◆

「――お母さんは、引っ越しも、エマちゃんが保育園を変わることも駄目だって言ったの？」

ご飯を食べ、エマちゃんが眠りについたことを確認した後、俺はシャーロットさんとお母さんが電話で話した結果を教えてもらっていた。

「はい……。もう、わからないです……。お母さん、私たちのことなんて、どうでもよくなってしまっているのでしょうか……？」

家に一切帰ってこず、エマちゃんを助けようともしない。

傍《はた》から見ると、育児放棄をしているように見えてしまう。

ただ、シャーロットさんのところは母子家庭なため、お仕事を精一杯頑張ってくれていて、余裕がないという可能性は十分にあった。

だから、迂闊なことは言えない。

「優しいお母さんなんだよね？　そんな人なら、シャーロットさんたちのことを考えていないとは思えないよ？」

「でも、お母さん……私のことを、恨んでいるのかもしれません……」

「恨んでいる……？　どうして……？」

「だって、私のせいでお父さんが――ご、ごめんなさい……！　今日はもう、帰ります……！」

何かを言いかけたシャーロットさんは、寝ているエマちゃんを抱きかかえて部屋を出ていってしまった。

俺に聞かれたくなかったんだろう。

途中まで聞こえた言葉で、なんとなく察してしまうが……。

「当時の状況を知らないから、はっきりとは言えないけど……本当に、お母さんはシャーロットさんのことを恨んでいるのかな……？」

彼女のお父さんが亡くなったのは、数年前とのこと。

そして彼女のお母さんが優しくて、聡明だったというのは、日本に来る少し前までの話だったらしい。

となると、お父さんの事故があってからも、数年間は優しかったということになる。

恨んでいたのなら、とっくに仕草などに出ていただろう。

だから、これは彼女がネガティブになりすぎているだけだ。

だけどそれは、同時に時間がそれほどないことを意味する。

彼女はもう疑心暗鬼になりかけている。

今まで溜まっていたものが、今回のことをキッカケに溢《あふ》れ出てきているのだろう。

こうなってしまえば、精神をいたずらに削《けず》り続けるだけだ。

さっさと今回の問題を解決して、シャーロットさんを楽にしてあげたい。

しかし――。

「本当に、この方法でいいのか……？」

俺は今日一日、学校でも家でも解決策に関して考えていた。

そして、引っ越しをしなくても解決できるかもしれない方法を、見つけるには見つけたのだ。

だけど、今回の中心は俺ではなく、エマちゃんになる。

俺なら問題がないことだけど、あの子にはかなりの負担となってしまうかもしれない。

ましてや、エマちゃんがこのやり方を望むだろうか？

俺が彼女たちから離れたくなくて、ただ自分の考えを押し付けているともいえる。

これで、本当にいいのか？

これが、最善なのか？

俺は、自分の考えに自信を持てなくなっていた。

「…………」

どうするのがいいのだろうか。

そう悩んでいた俺は、半ば無意識にスマートフォンを握っていた。

そして、連絡先の一覧を眺める。

「この時間だと、迷惑になるよな……。だけど……」

ある名前を見つけた俺は、少しだけ考えて覚悟を決めた。

「――もしもし。夜分遅くにすみません、青柳です」

《どうした、こんな時間に？　お前から電話なんて珍しいじゃないか》

電話から聞こえるのは、しっかりとした大人の女性の声。

俺たちの担任の、美優先生の声だ。

「すみません……あの、美優先生に相談がありまして……」

《相談、か……。今は家か？》

「えっ？　はい、そうですが……」

《シャーロットは一緒にいるのか？》

「いえ、いませんけど……」

《なるほど。となると、青柳たちの住むマンションの近くに車を停めるから、連絡をしたら出てくるんだ》

「で、ですが、先生はもう家なんじゃないんですか……？」

《気にしなくていい、お前の家なら私の家から近いからな。すぐに向かうから、少し待ってい

るんだ》

こんな時間なのにわざわざ来てくれるのか……。

本当に、生徒想いの優しい先生だ。

「先生、ありがとうございます。ただ、シャーロットさんに気付かれたくないので……」

《わかった、少し距離を置いておくから、青柳はスマホが鳴ったら出てこい》

彼女はそれだけ言うと、電話を切ってしまった。

とりあえず、こうなれば美優先生が来るのを待つだけだ。

そう思って待っていると――十数分後、俺のスマートフォンがブルブルと震え始めた。

「はい」

《着いた。場所は――》

俺はどの辺に停めているかを聞いた後、あまり音を立てないようにして部屋を出た。

そして目的の場所に向かうと、美優先生が車を降りて待ち構えている。

「すみません、わざわざ……」

「いや、いい。それよりも、場所を移そうか」

「いいんですか？」

「シャーロットに気付かれたくないんだろ？　ちょっとドライブがてら遠出をしようか」

「……もう、結構遅い時間ですよ……？」

「近くのファミレスでもいいが、万が一生徒などに見つかるとうるさいだろ？　やましい気持ちはないし、黙らせられなくもないが、面倒は避けるべきだ。お前のためにもな」

黙らせられなくもない——そこに関しては、聞かなかったことにしよう。

遠出というのが気になるが、有り難い提案ではある。

ここは、美優先生に甘えるか。

「すみません、それじゃあお願いします」

「あぁ、乗れ」

「——ちなみにですけど、安全運転、ですよね……？」

俺はシートベルトを締めながら、ふと嫌な予感がし、念のため美優先生に尋ねてみた。

「お前は私をなんだと思っているんだ……。違反で捕まったことなんて一度もないからな？」

「それはよかったです」

美優先生だと、どうしても豪快に飛ばしそうなイメージがある。

噂《うわさ》では、元ヤンだとか、暴走族だったとか、伝説のレディース総長だったとか。

まぁさすがに、それらがデマというのは知っているのだけど。

「行きたいところはあるか？」

「特にないので、美優先生のおすすめでお願いします」

「じゃあ、海でも見に行くか」

「…………」

海、暗くて見えないのでは……？

そう思った俺だけど、お任せと言った以上文句を言うことはできない。

「わかりました、お願いします」

俺が頷《うなず》くと、美優先生はゆっくりと車を発進した。

美優先生の運転は、とても丁寧《ていねい》なものだ。

急発進は絶対にしないし、制限速度もきちんと守っている。

そして、信号で停止する時もゆっくりとブレーキをし、停まる直前では一瞬ブレーキペダルを踏む足を緩《ゆる》め、衝撃を殺してから再度踏んでいた。

乗っていて、とても快適だ。

なるほど、運転ってこういうふうにするのか。

「……青柳は、いつもそうなのか？」

「えっ？」

「今、私の運転しているところを観察しているだろ？　そうやって、いろんなことを学んできたのか？」

どうやら、横目で美優先生を観察していたことがバレていたようだ。

一度もこっちを見ていないのに、本当にこの人は人間離れしているな。

「いつも、というわけではないですけどね……。ただ、興味あることはまず見て学ぶようにしています」

「さすがだな。運転はしたかったりするのか？」

「そうですね、岡山は車がないと不便ですし、そういう意味では運転したいです」

「ふっ、お前らしい答えだな。普通、お前の年頃なら車に憧れるものだが」

「そうなんですかね？　あんまりそういう話はしないのでわからないです。彰は、車よりもサッカーですし」

友人が多ければ違うのかもしれないけれど、俺が趣味などの話をするとしたら、相手は彰しかいない。

シャーロットさんだと、そもそも男じゃないし。

「お前の場合、見た目よりも燃費で車を選びそうだな」

「ですね」

「だけど、デートするならカッコイイ車に乗ってたほうがモテるぞ？」

「人ではなく車で判断するような人とは、俺は合わないですよ」

「ふっ……まぁシャーロットは、車の見た目なんて気にしないだろうからな」

「――っ!?」

驚いて視線を向ければ、美優先生がニヤッと意地の悪い笑みを浮かべて、横目で俺の顔を見ていた。

この人は、本当にこういう話が好きだな……。

「シャーロットさんは関係ないでしょ……」

「隠すな隠すな。今お前が運転技術を学ぼうとしているのも、将来シャーロットとドライブデートするためだろ？」

「とんでもない妄想ですね……。俺は単純に、将来必要なスキルだから見ていただけです」

まぁ、シャーロットさんとこんなふうにドライブデートしたいな、とは思っているけど。

「それよりも、本題に入ってもいいですか？」

このままだと弄《いじ》り倒される。

そう察した俺は、さっさと本題に入りたかった。

しかし――。

「私に相談してくるほどのことだろ？　運転しながら片手間に考えるようなことじゃない。目的地に着けば、ちゃんと聞いてやるよ」

確かに、美優先生の言う通り真剣に聞いてほしい内容だ。

運転中に持ち出すのはよくなかったか。

「そうだ、聞くタイミングがなかったんだが……シャーロットの歓迎会は、楽しかったか？」

「ええ、楽しかったですよ。まぁ、いろいろとありましたが……」

「シャーロットの耳に、息を吹きかけたらしいな？」

「なんで知ってるんですか!?」

誰だ、この先生にチクったのは!?

彰か!?

あいつだろ……！

「はは、いいじゃないか。シャーロットも喜んでただろ？」

「喜びませんよ……。彼女、耳が弱いから変な声上げちゃって、恥ずかしそうでした」

「……いや、うん。お前たち、結構進んでるんだな」

「はい？」

なんだか美優先生が物言いたげな目を向けてきたが、俺はよくわからず首を傾《かし》げてしまう。

「なんでもない。ただ……珍しいな、清水《しみず》がお前に関わるなんて」

「……つまり、あの歓迎会の内容は、全部美優先生に筒抜《つつぬ》けだった、というわけですね？」

シャーロットさんのことだけでなく、誰がその展開に持っていったのかを知っていたので、俺はそう判断した。

「人聞きの悪いことを言うな。私が知ってるのは、お前とシャーロットがどうだったか、くらいだ」

これは、十中八九彰が漏《も》らしてるな。

他の面々なら、シャーロットさんはともかく俺の動向なんて気にしていないだろうから。

「まぁ清水さんに関しては、よくわからないですね。彼女は先のことを考えず、クラスの雰囲《ふんい》気《き》を良くしようとする人だったと思います。ただ、その上で――俺が関わっていた場合は、絶対に口出しをしなかったんですよね」

「あぁ、お前と対極の考え方をする奴だな。それでもお前と今まで対立しなかったのは、あいつなりに避ける理由があったんだろう」

「でも、彼女は歓迎会の時、結構絡んできたんですよね。しかも、俺が認識していなかった一面があるというか……」

喫茶店《きっさてん》での彼女は、今まで俺が知っていた彼女とは違った。

自身の理念を曲げているような感じだ。

王様ゲームのラストだって、嫉妬《しっと》で男子を中心に空気が悪くなる可能性が十分にあった。

そんなこと、今までの彼女なら避けていたはずだ。

シャーロットさんの耳に俺の息をかけさせた狙いも、未だにわからないし……。

「青柳にとって、清水はどんなふうに見えていたんだ？」

「明るくてクラスに溶け込みやすいギャルを演じてる、洞察力が凄《すご》くて空気が読める女の子、ですかね」

「ふっ、私と一緒だな。ただ、あいつもお前と考え方が違うだけで、無意味なことはしないタイプだ。何かしらの狙いがあったんだろうな」

「……不安要素、ですね。シャーロットさんに何かするつもりなのかも……」

喫茶店での彼女の行動に意味を見出《みいだ》すなら、シャーロットさんへの嫌がらせをしたかったのではないか、ということだった。

しかし――。

「そうか？　それはないと思うぞ？」

美優先生は、そう考えていないようだ。

「どうして、そう思うのですか？」

「清水は、ああ見えてまっすぐな奴だよ。少なくとも、誰かを傷つけたりするような奴じゃない。お前だって、そう考えていたんだろ？」

「それは、そうですが……」

「何か理由はあったんだろうが、他人を陥《おとしい》れるためじゃないだろうな。…………まぁ私は、清水が何を考えていたのか、なんとなくわかるが……」

どうやら美優先生は、清水さんのことを信用しているようだ。

後半は何を言ったのか聞こえなかったけれど、この先生がそう言うなら大丈夫なのだろう。

「とりあえず、お前は別の悩みがあるんだろ？　清水のことは放っておけ」

この人、これを言うために歓迎会の話を持ち出したのか。

きっと、俺が今抱えている問題だけに、集中できるようにしようとしてくれたのだろう。

相変わらず、美優先生には頭が上がらないな……。

「そうですね、今は目の前のことで精一杯ですし、気にしないでおきます」

「それでいい」

美優先生はそれだけ言うと、黙りこんでしまう。

俺は美優先生から視線を外し、車窓から見える夜景を眺めながら、目的地に着くのを待つのだった。

◆

「――ここ、鷲羽山《わしゅうざん》の、展望台ですか……？」

「瀬戸内海《せとないかい》が見渡せる、いい場所だろ？　満月のおかげで海もちゃんと見れるな」

「いや、あの、ここって……」

「土曜日や祝日の夜だと、瀬戸大橋がライトアップされていて更に綺麗《きれい》なんだよな」

「み、美優先生？　ここ……デートスポット、なのでは……？」

ここは、夜のドライブデートコースとして、取り上げられている場所だ。

こんなところ、誰かに見られたらそれこそ洒落《しゃれ》にならないぞ……？

「はは、お前でもデートスポットを知ってるんだな」

「笑い事じゃないでしょ……」

「悪い悪い。免許を取ったら、シャーロットを連れてきてやるといい。喜ぶと思うぞ？」

「はぁ……美優先生、あんまり茶化すのはやめてもらえませんか？」

いったいどういうつもりなのかは知らないが、最近美優先生のシャーロットさんネタ弄りが増している。

こちらには、そんな余裕はないのに。

「それよりも、本題に入ってもいいでしょうか？」

「たくっ……せっかちな男は、嫌われるぞ？」

「生徒を弄る先生も、どうかと思いますが」

「わかったわかった。とりあえず、話してみろ」

美優先生が話を聞いてくれる姿勢になったので、俺は今までのことを美優先生に話した。

もちろん、シャーロットさんのプライベートな内容は隠したが。

まぁその辺も、美優先生は既に書類の手続きで知っているだろうけど。

美優先生はただ黙って俺の話を聞いてくれた。

そして――。

「青柳は、本当に誰よりも優しいな……」

なぜか、優しい笑みを向けてきた。

「優しい、ですか……？」

「お前が自分のやり方に迷うのは、シャーロットの妹のことを大切に思っているからだ。答えは出せているのに、少しでもあの子に負担をかけたくないと思っている。そうだろ？」

美優先生は、的確に俺が思っていることを衝《つ》いてくる。

やはり、この人に相談して正解だった。

「はい、エマちゃんはまだ幼いですし……負担をかけずに、解決してあげるのが一番だと思うんです。だけど、俺のやり方は……」

「シャーロットの妹のことは、おそらく似たようなことを経験しているお前が、一番わかってやれるんだろう。だから、それを乗り越えたお前の考えなら、きっと一つの正しい道だ」

美優先生には、俺の過去を全て話している。

そんな彼女からすれば、俺が過去に置かれた状況と、エマちゃんの今の状況は似ているように見えたようだ。

「でも、同じようなことはできません。エマちゃんは女の子ですし、そもそも状況が俺の時と違います」

エマちゃんの問題は、彼女の言葉が通じないところにある。

俺と全く同じ解決方法じゃ、足りないだろう。

ましてや、女の子に俺が過去にやったことをさせても、うまくいくとは思えない。

だからやり方は少しだけ変えるのだが、それでも負担は大きいはずだ。

そのせいで、俺は踏ん切りがつかない。

「それでも、考えがあるんだろ？　なら、やってみればいい。心配しなくても大丈夫だ。シャーロットの妹には、お前とシャーロットという、心の支えになれる人間が傍にいる。それに話を聞く限り、クレアという女の子がいる間は大丈夫そうだ。となれば、十分策を打つ時間と余裕はあるだろ？」

「俺やシャーロットさんが、心の支えに……」

「人が何かを乗り越える時には、支えになるものが必要だ。お前が、何度も過去に乗り越えてきたようにな」

確かに、そうかもしれない。

支えがあるからこそ、折れずに立ち向かうことができる。

「それに、器用なお前のことだ。なんだかんだ言って、シャーロットの妹に負担をかけずに、うまくやってしまうんじゃないか？」

「それができれば、苦労しませんよ……」

できないから、相談に来たわけで。

「まずは、やってみろ。大丈夫、青柳ならうまくできるからさ。そうだな……シャーロットの妹にとって、お前がどういう存在かを考えてみると、いいんじゃないか？」

美優先生はそう言って、笑みを浮かべた。

その言葉で、俺はある考えが頭を過《よぎ》る。

負担をかけずに――というのは、そう簡単じゃない。

だけど、負担だと思わせなければどうだ？

――そう、これは遊びだ、と認識させれば。

「どうやら、答えが出たようだな」

俺の表情から察したんだろう。

美優先生は、また優しい笑みを浮かべた。

「はい、大丈夫です。ありがとうございました、話を聞いて頂いて」

「まぁ、生徒の相談に乗るのが、先生の役目だからな。それに、嬉しかったよ。お前が相談をしてくれて」

「嬉しかったんですか？」

「あぁ……やっと、お前とそういう関係を築けたか、と思ってな。半ば一人で解決できてしまうからか、なんでもかんでも抱え込むのがお前の悪い癖《くせ》なんだよ。だけど、今回はちゃんと先生である私を頼ってくれた。それが嬉しいんだ」

きっと俺は、美優先生に沢山《たくさん》心配をかけているのだろう。

それなのに、嫌な顔をするどころか、真剣に相談に乗ってくれた。

この先生に出会えたのは、本当に俺にとってかなりの幸運だったといえる。

「ありがとうございます、美優先生……」

「もうそれは聞いたよ。それよりも、折角《せっかく》海を見に来たんだ。少し、眺めて帰ろう」

美優先生は綺麗な景色が好きなのだろう。

言葉通り、少し眺めて帰るつもりのようだ。

ただ、申し訳ないが……俺は、もう一つお願いしないといけない。

「すみません、先生。実は、やると決めたからこそ、お願いしたいことが一つあるんですが」

「なんだ？」

「まだ先になるとは思いますが、半日ほど、学校を休ませてください」

これから入るのは準備期間だが、実行する時は平日になる。

その際にエマちゃんのフォローをしてあげたいので、休みをもらうしかなかった。

しかし、俺の言葉を聞いた美優先生は、目を大きく見開き、息を呑《の》んだ。

「本気で……言っている、のか……？」

若干強張《じゃっかんこわば》った声。

美優先生は目を細め、ジッと俺の顔を見据えてくる。

俺はそんな美優先生に、頷《うなず》いて答えた。

すると、美優先生は大きく溜息を吐く。

「お前がこの学校に入ってまで狙っているもの――特別推薦《とくべつすいせん》は、皆勤賞《かいきんしょう》が必須《ひっす》というレベルだ。それなのに休むということは、特別推薦を取ることが絶望的になるぞ？」

そう、俺は現在、今の学校で特別推薦を狙っている。

その特別推薦とは、とある有名大学が限られた高校にだけ認めているもので、大学にかかる費用、寮費を全て免除してもらえるものだ。

その代わり条件がとても厳しく、ここ数年、俺たちの高校から特別推薦は出ていなかった。

ここで皆勤賞を捨てるということは、その特別推薦を諦めることになる。

だけど――。

「そうだとしても、エマちゃんをこのまま放ってはおけないので。ほんの少しの間しか一緒にいなかったけれど、俺にとってあの子はもうとても大切な子なんです。あの子が悲しんでいるのなら、俺は力になりたい。それに、特別推薦が取れなかったとしても、行ける大学はありますからね」

俺は肩を竦《すく》めながら、笑顔を美優先生に向ける。

すると、美優先生は額に手を当て、天を仰《あお》いだ。

「たくっ……お前という奴は……。お前の場合その重みは、他の奴等と違うだろ？　志望大学を諦める、そんな簡単な話じゃなかったはずだ」

「いいんですよ。それに思ったんです。高校を卒業して就職するのもありかなって。そうすれば、一人で生きていけます」

肩を竦めながら、努めて明るく俺は言った。

しかし、美優先生は俺の顔を睨《にら》んでくる。

「お前……本当は、自分の人生を諦めてるんじゃないだろうな？」

そう聞いてきた美優先生に対し、俺は笑顔で首を左右に振った。

すると、美優先生は凄《すご》く呆《あき》れたような態度で、大きく溜息を吐く。

「はぁ……わかった。私が校長に頼んで、今回の件はボランティア活動とし、公欠扱いにしてもらう」

「そんなこと、できるのですか……？」

「普通は災害ボランティアに適応されるものだが、学校が認める活動であれば可能だろう。うちの高校だって、お前を特別推薦枠《わく》で出したいと考えているはずだしな」

「ありがとうございます……」

「保育園にも私から連絡をして承諾《しょうだく》を得ておく。あちらにはあちらの立場があるんだから、なるべく相手は立てなければならない。まぁその辺は私がうまくやっておくから、お前はシャーロットにもちゃんと話をしろ。シャーロットの承諾なしでは、私も許可しないからな」

美優先生は、そう言って俺の頭をポンポンッと優しく叩いてきた。

本当に、この人には敵《かな》わないな……。

「何から何まで、ありがとうございます……」

「いいさ、かわいい生徒のためだ」

「…………」

「――なぁ、青柳」

「はい……？」

「いろんな人間に裏切られてきたお前に、こんなことを言うのもなんだが……。ちゃんと、お前の味方になる人間もいるんだ。一人で抱えず、これからも私や西園寺《さいおんじ》、そしてシャーロットを頼れ」

そう言ってきた美優先生の表情は、とても優しいものだった。

顔や性格は全然違うのに、その表情がある人と重なってしまった。

「わかり、ました……。ありがとうございます……」

俺がお礼を言うと、美優先生は何も言わず海へ視線を移した。

俺はそんな彼女を横目で見ながら、一緒に海を眺めるのだった。

◆

「——シャーロットさん、今回の件、俺に任せてもらえないかな？」

翌日、シャーロットさんに俺は早速話をしてみた。

シャーロットさんは黙って聞いてくれて、その後ゆっくりと口を開く。

「青柳君……あなたは、本当に……」

「勝手なことをしてごめん。だけど、俺を信じてほしい」

結局、これはベネット家の問題だ。

俺が何をするにしても、そこにはシャーロットさんの許可がいる。

だから美優先生も、シャーロットさんの許可をもらってこいと言ったのだ。

「私はいつも……あなたのことを、信じていますよ……」

シャーロットさんは若干目に涙を溜めながら、優しい笑みで頷いてくれた。

俺の考えを認めてくれたようだ。

「ありがとう、シャーロットさん」

「いえ……ごめんなさい、私たちの問題なのに……何もできなくて……」

「誰の問題っていうのは関係ないよ。困っている人がいれば、助ける。当たり前のことじゃないか」

「青柳君……」

シャーロットさんは、潤った瞳で上目遣いに見つめてくる。

頬《ほお》も赤く染まっており、思わず手が彼女の頭に伸びそうになってしまった。

だけど――。

『おにいちゃん、あそぼ？』

俺の腕の中でおとなしくしていたエマちゃんが、痺《しび》れを切らしてしまった。

結局、エマちゃんと少しだけ遊び、その後はエマちゃんをシャーロットさんの部屋に戻して、俺とシャーロットさんは学校に向かうのだった。

◆

『エマちゃん、お手玉しようか？』

『おてだま？』

シャーロットさんと一緒に俺の部屋に遊びに来たエマちゃんは、お手玉と聞くと小首を傾《かし》げてしまった。

どういうものか知らないのだろう。

俺は、帰り道で買った猫の顔を模したお手玉を、エマちゃんに見せた。
するると、エマちゃんはかわいらしく笑う。
『ねこちゃん……！』
『そう、猫ちゃんだよ。これはね、こうして遊ぶんだ』
俺はエマちゃんに見せつけるように、三つの玉をそれぞれ上に投げた。
そして落ちてきたものからすぐに投げ、三つの玉が順番に空を舞う。
『わぁあ！』
三つのお手玉を目で追うエマちゃんは、ペチペチと両手を叩いて喜んでくれた。
かわいい。
『おにいちゃん、エマも！　エマもする！』
そして、バッチリ興味を惹《ひ》くことができたようだ。
『はい、エマちゃん』
俺はまず、お手玉を一つ渡した。
しかし――。
『むぅ……』
エマちゃんは、不満そうな顔を俺に向けてくる。
三つでやりたいのだろう。

『まずは、一つでコツを摑《つか》んでから、だね』

いきなり三つをやらせても、幼いエマちゃんが失敗するのは目に見えている。

そしたら、この子の場合すぐにやる気をなくしかねないので、先に成功体験を身に付けさせたかった。

『一つでできるようになったら、数を増やしてもらえるよ？』

エマちゃんが不満そうにしていると、既に俺の考えを共有しているシャーロットさんが、笑顔でフォローをしてくれた。

それにより、エマちゃんもお手玉一つで俺の真似《まね》を始める。

『できた』

一つということもあり、エマちゃんはあっという間に感覚を摑む。

見た感じ、俺の動きを見て覚えたようだ。

この子は注意力が散漫だけど、運動神経はいい。

物覚えがよくて勘もいいし、これくらいならすぐできると思っていた。

『それじゃ、二つでやってみようか』

『んっ』

俺はもう一つエマちゃんに渡してみる。

するとエマちゃんは、二つでやろうとして――なぜか、動きを止めた。

『どうしたの？』

『んっ』

声をかけると、先程渡したお手玉を俺に差し出してくる。

もしかして、もう飽《あ》きたのか……？

『お手本を見せてほしいんだと思います』

『あぁ、なるほど』

シャーロットさんの言葉でエマちゃんの意図がわかった俺は、エマちゃんがわかりやすいように、二つのお手玉をゆっくりと交互に投げていく。

エマちゃんは、ジッと俺の手の動きを見ているようだ。

幼いのに、この子はちゃんとわかっている。

エマちゃんには、将来スポーツをさせたほうがいい気がした。

『できる？』

何度か手本を見せた後、俺はエマちゃんに尋ねてみる。

エマちゃんは力強く頷《うなず》き、俺の手からお手玉を受け取った。

『こう……』

そして、見事に二つのお手玉を交互に投げていた。

手は二本あるのだから、二つのお手玉を交互に投げるのは難しくない。

大切なのは、投げた時の高さを揃えられるかどうかだ。

その点、エマちゃんが投げた二つのお手玉は、頂点に達した時の高さが殆《ほとん》ど同じだった。

バラバラの高さになってしまうと見栄えがよくないのだけど、この子はちゃんとできている。

『もう、一つ？』

エマちゃんも自分ができたとわかったようで、小首を傾げながらもう一つ寄こせ、みたいなことを言ってきた。

だけど、ここで焦ってはいけない。

できたとはいえ、次は難易度が上がる。

それに、たとえできたとしても、もしそれが簡単にできてしまっていれば、エマちゃんが飽きてしまうかもしれない。

ここは、少し引っ張ろう。

『二つで十分に慣れてから、三つ目をやろうか』

『んっ』

おっ、素直に聞いてくれた。

二つでやるのも楽しんでくれているようだ。

その後、エマちゃんが不満そうな色を見せたところで数を増やしたのだが、エマちゃんはあっさりと三つでもできてしまった。

意外と器用だな、この子……。

「――この調子なら、大丈夫そうでしょうか……?」

エマちゃんの様子を見ていたシャーロットさんが、エマちゃんに聞こえないよう小さな声で聞いてきた。

「まだ序盤だけどね。それよりも、エマちゃんは日本語をどれだけ覚えてる?」

「挨拶《あいさつ》くらい、ですね……。青柳君の家に遊びに来るまでの時間で日本語を覚えさせているのですが、早く遊びたがるばかりで集中していませんので……」

「まぁ、それは仕方ないよ。これから、ゆっくりと日本語を覚えていけばいいんだ」

「青柳君は、本当に頼もしいですよね」

「そ、そんなことないけど……」

むしろ、こんなことでしか力になれないのが悔《くや》しいくらいだ。

「青柳君と出会えて、私は幸せですよ」

「えっ、それって……」

「あっ……な、なんでもないです」

驚いて彼女の顔を見つめると、シャーロットさんは口元を両手で隠しながら、顔を背けてしまった。

見える横顔は、耳まで真っ赤になっている。

これは、やっぱり……俺の、勘違いではないと思う。

――結局、その日のうちにエマちゃんがお手玉をマスターしてしまったので、翌日からはけん玉を教えてみた。

エマちゃんが次々と技を覚えていく中、同時進行で俺はある物の製作に取り掛かっていた。

全ての準備が整ったのは、教え始めて二週間が経った頃だ。

もちろん、その間エマちゃんが保育園に行くのは再開していた。

クレアちゃんが来るようになれば、案《あん》の定《じょう》エマちゃんも嫌がらなかったからだ。

そして――いよいよ、決行の日が来た。

「本日、ボランティアとして参加をさせて頂く、青柳明人です。よろしくお願い致します」

俺は朝から、保育園にボランティアとして行かせてもらっていた。

しかし、本日のボランティアは俺だけではない。

「同じく、シャーロット・ベネットです。ご迷惑をおかけしますが、よろしくお願い致します」

シャーロットさんも、一緒に参加してしまっているのだ。

俺がボランティアで参加すると聞いた彼女は、自分も参加しないのはおかしい、と引いてくれなかった。

美優先生も、シャーロットさんの言っていることのほうが筋が通っているということで、認めてしまったのだ。

午後から、教室で変な噂《うわさ》が立っていることは覚悟しないといけないだろう。

「二人とも、今日はよろしくね」

本日俺たちの指導係となってくれる保育士さんが、優しい笑顔で挨拶をしてくれた。

この保育士さんは、今回の件で中心となって協力してくれる人だ。

既に、数日前から何度かやりとりをさせてもらっているので、もうお馴染《なじ》みといえる。

「青柳君、好きにしていいからね？　何かあれば、私たちがフォローするから」

「わかりました。お言葉に甘えさせて頂きます」

俺は保育士さんに頭を下げ、ターゲットとなる女の子を探す。

すると、遊具の陰に隠れて俺たちを見ている女の子が視界に入ったが、今はあの子じゃない。

明るくて好奇心旺盛《おうせい》な女の子――いた。

俺は、母親と手を繋《つな》ぎながら大声で話している女の子を見つける。

事前に保育士さんから聞いていた、クラスの中心にいる優しくて人気者の女の子だ。

あの子は英語が喋《しゃべ》れなくても、エマちゃんやクレアちゃんのことを気にしてくれているらしい。

最初に味方に付けるのは、あの子だと決めていた。

俺はエマちゃんの位置と向きを調整して、ポンポンッと肩を優しく叩いた。

『んっ……』

エマちゃんは、保育園の鞄《かばん》から三つのお手玉を取り出す。

そして、それを順番に空へと投げ始めた。

「――あっ……ママ、エマちゃんがなにかしてる……！」

狙い通り、女の子はお母さんの手をクイクイと引っ張り、エマちゃんの元に来てくれた。

「おにいちゃん、これなぁに？」

「これはね、お手玉っていうんだよ」

エマちゃんではなく俺に声をかけてきたので、俺は腰を屈めて女の子に笑顔で説明をした。

女の子の視線は俺から外れ、一生懸命お手玉をするエマちゃんに集中する。

そして、エマちゃんが数十秒間やり続けてお手玉を止めると、ペチペチと拍手をしてくれた。

「エマちゃん、じょうずだね」

女の子は、かわいらしい笑みを浮かべてエマちゃんのことを褒《ほ》めてくれた。

すると、エマちゃんも笑顔で口を開く。

「ありが、とう」

「わっ、エマちゃん、にほんごはなせるようになったの!?」

エマちゃんが日本語でお礼を言うと、女の子は興奮したようにエマちゃんに詰め寄ってしまう。

しかし、エマちゃんは困ったように俺の顔を見上げてきた。

「ごめんね、まだ少ししか話せないんだ」

俺はエマちゃんの代わりに、女の子にそう伝えた。

エマちゃんが現在話せる言葉は、軽い挨拶とお礼、それと褒め言葉だけだった。

軽い挨拶はシャーロットさんが既に教えていたので、お礼と褒め言葉を俺が教えたのだ。

お礼はともかく、褒め言葉を教えたのは、エマちゃんが他の子から褒められていることをわかるようにするためだった。

褒められて嬉しくない子はほとんどいない。

特に、エマちゃんは褒められることが大好きだ。

だから、褒め言葉を教え、その時にお礼を言えるように、お礼も教えた感じになる。

幸いだったのは、俺との日本語の勉強はエマちゃんにとって遊びの一環だったようで、楽しそうに覚えてくれたことだ。

楽しんでやってくれたから、身につくのも早かったんだと思う。

しかし――。

「そうなんだ……」

エマちゃんと話したかった女の子は、エマちゃんが日本語を話せないとわかると、シュンと落ち込んでしまった。

そんな女の子に、俺はたくさんのカードが繋がった束を渡す。

「これ、なぁに？」

「こっちに日本語が書いてあるから、伝えたい言葉のカードを、反対向きにしてエマちゃんに渡してもらえるかな？　そしたら、エマちゃんにも言いたいことが伝わるから。できたら、日本語部分を読み上げてから、渡してくれると嬉しいかな」

これは、片面にひらがな、もう片面に英語が書いてある単語カードを模した、文カードのようなものだ。

日常で使われそうなやりとりを、ピックアップして作ってみた。

俺はこれを、エマちゃんのクラスの人数分作って持ってきている。

もちろん、エマちゃんにも、並び順を変えたカードを渡していた。

「これで、エマちゃんとはなせる？」

「そうだよ」

「わぁ……！」

女の子は、嬉しそうにカードを探し始める。

日本語を話す子のカード順は、五十音順にしているが、文なので見つけるのには苦労するかもしれない。

ただ、慣れればカードを探すのは困らなくなるだろう。

「エマちゃん、これ……！」

女の子は目的のカードを見つけると、反対の面を見えるようにしてエマちゃんに渡した。

やはり、読み上げてはくれないか。

本当はエマちゃんが耳で日本語を聞くことによって、日本語の言葉や意味を覚えていくようにしたかったけれど、これは仕方がない。

幼い子相手に強制してしまっては、嫌がられるだけだからな。

『おともだちに、なろう……』

エマちゃんは、渡されたカードの英語版を読み上げると、女の子の顔を見つめる。

すると、女の子はとてもかわいらしい笑顔で頷《うなず》いた。

『んっ……！』

エマちゃんも嬉しそうに頷くと、カードを探し始める。

そして、目的のカードを見つけると、反対の面を表にして女の子に渡した。

「よろしく――わっ、いいの!?」

どうやら、エマちゃんが渡したカードは、《よろしく》というカードだったらしい。

女の子は嬉しそうにエマちゃんの手を取り、大はしゃぎしていた。

すると、なんだなんだ、というような様子で、子供たちが集まってきた。

クラスの人気者であるこの女の子が、今までクレアちゃん以外と話していなかったエマちゃんと盛り上がっているので、注目を集められたようだ。

ここまでくれば、もう一押し。

『エマちゃん、次はけん玉をしようか』

『んっ……！』

エマちゃんに声をかけると、エマちゃんはやる気十分といった感じで頷いてくれた。

結構な人数に囲まれているのに、怖気《おじけ》づいていない。

この子は度胸が据わっているのだろう。

やっぱり、アスリート向きだ。

俺はエマちゃんがけん玉を取り出す間に、予《あらかじ》め打ち合わせをしておいたシャーロットさんと、保育士さんにアイコンタクトをとる。

そして、エマちゃんがけん玉を始めると――。

「『もしもし、亀よ〜亀さんよ〜♪』」

シャーロットさんと保育士さんが、手拍子混じりに綺麗《きれい》な声で、有名な亀の歌を歌い始めてくれた。

エマちゃんは、それに合わせて大皿と中皿へ交互に玉をのせていく。

聞いたところによると、この保育園では日本の文化を学ぶために、けん玉をやらせているそうだ。

そして、子供たちが馴染みやすいように、『もしかめ』の歌を歌わせているらしい。

本当はエマちゃんにも歌ってもらうのが一番だったのだけど、さすがに恥ずかしいようで嫌がられてしまった。

だから、今回はシャーロットさんと保育士さんだけで歌ってもらっている。

しかし――。

「「「「――むこうの～こやまの～ふもとまで～♪」」」」

まるでカエルの合唱のように、集まっていた子供たちが一緒に歌い始めてくれた。

不思議と生まれる一体感。

普段一緒に歌っている保育士さんと、幼い子でも懐きやすい、優しい見た目をしているシャーロットさんが歌っていることで、子供たちも乗ってくれたようだ。

ここまでは、狙い通り。

後は――。

『君は、入らないのかい？』

俺は輪の中心から抜け、遊具の後ろで隠れていた女の子に声をかけた。

『クレア……うたえない……』

女の子――クレアちゃんは、悲しそうに目を伏せてしまった。

日本語の歌だから、まだ歌えないのかもしれない。

『歌詞は覚えてる？』

『……？』

『歌の言葉、だよ』

『わか、る……』

『じゃあ、お兄さんとここで歌おうか。ちゃんと歌えなくてもいいんだよ。歌は、楽しむものなんだから』

優しい笑顔を意識してそう言うと、こちらの思いが通じたのか、クレアちゃんはコクリと頷《うなず》いてくれた。

そして、俺たちも一緒に歌い始める。

「――エマちゃん、すっごぉい！　ねね、もういっかい！」

歌が終わり、エマちゃんがけん玉を止めると、先程の女の子が笑顔でエマちゃんに話しかけた。

しかし、後半の言葉がわからなかったのか、エマちゃんは困ったように首を傾《かし》げてしまう。

すると、女の子はカードを探し始め、エマちゃんに渡してくれた。

それにより、エマちゃんも彼女が言いたいことがわかったようで、笑顔で頷いてけん玉を構える。

これで、ここに集まっている子たちはわかっただろう。

今エマちゃんとあの女の子は、カードでお互いの意志を通わせているんだと。

「は～い、みんな～！　エマちゃんがもう一度もしかめをやってくれるようなので、みんなもエマちゃんに合わせてもう一度歌いましょ～！」

今度は、保育士さんが音頭《おんど》を取ってくれた。

それにより、始めからみんなで歌い始める。

俺は、歌いながら優しくクレアちゃんの手を引っ張った。

《もう、大丈夫だよね？》

アイコンタクトをすると、クレアちゃんはコクリと頷いた。

この子は照れ屋なだけで、歌はちゃんと歌えていた。

だから歌っている今なら、あの輪に混ざれるのだ。

――そうして、エマちゃんを中心とした『うさぎとかめ』の合唱会は、大盛り上がりで終わった。

その後は俺にカードを取りにくる子が多く、エマちゃんやクレアちゃんにカードを渡し合戦が始まってしまった。

どうやらみんな、エマちゃんやクレアちゃんと話してみたかったようだ。

二人が押しつぶされそうになってしまうほどに激しかったので、保育士さんたちが止めてくれたが、その後は順番待ちをしながらちゃんとやりとりをしてくれていたので、問題はなさそうだった。

ただ、他のクラスの子たちも混ざったので、準備したカードは全然足りなかったが。

「――保育士さん、多分文字がまだ読めていない子もいると思うので、そういう子には、こちらを渡してあげてください」

俺は順番整理をしていた保育士さんを捕まえると、喜怒哀楽《きどあいらく》を表現した猫のカードを渡す。

言葉が通じなくても、どう思っているか、という気持ちを伝えられれば、後は身振りなどでどうにでもなる。

だから、文字が読めない子用にこれも作っておいたのだ。

「こんなことまで……花澤《はなざわ》先生が是非《ぜひ》君を、と言っていたのがよくわかるよ。うちで働いてほしいくらいだもん」

「あはは、ありがとうございます。ですがうまくいったのは、エマちゃんはもちろんのこと、最初にエマちゃんに話しかけてくれた女の子や、保育士さんとシャーロットさんのおかげですよ。俺は、きっかけを作ったにすぎません」

子供たちを誘導してくれる人たちがいたからこそ、エマちゃんを中心に輪を作ることができた。

俺一人だったら、到底無理なことだっただろう。

今ではエマちゃんだけでなく、クレアちゃんも楽しそうに笑ってくれているので、うまくいって本当によかった。

「あの、ところで……」

「どうしたの？」

「えっと……仕事を増やしてしまって申し訳ないのですが、あのカードだけでは多分、今後うまくコミュニケーションが取れなかったりすると思います。それに、子供たちがめんどくさがる可能性もなくはありません。そのフォローをお願いしても大丈夫でしょうか……？」

　俺がいられるのは、この半日だけ。

　後のことは保育士さんに任せるしかなかった。

　彼女たちからすれば、余計な仕事を増やされたようなものだろう。

　それでも、俺にできることは頭を下げてお願いすることだけだ。

　しかし――。

「もちろん、任せて。私たちの仕事は、あの子たちが笑顔で過ごし、成長することを見守ること。だから、あの子たちが笑ってくれることならなんだってするよ」

　保育士さんは、とても素敵な笑顔で答えてくれた。

　この保育園は、保育士さんに恵まれているようだ。

　彼女たちにになら、安心してエマちゃんを任せられるだろう。

「ありがとうございます」

「どういたしまして。青柳君こそ、ありがとう。資格さえ取ってくれたら、いつでもうちに働きに来てくれたらいいからね？」

「あはは……考えておきます」

子供たちの面倒を見るのは楽しいけれど、俺じゃあ子供たちの相手は務まらないだろう。こういうのは、シャーロットさんがよく似合いそうだ。

「――おにいちゃん、あそぼ？」

保育士さんと話していると、最初にエマちゃんに話しかけていた女の子が俺の足にしがみついてきた。

どうやら、エマちゃんが他の子たちに囲まれているので、俺のほうに来てしまったようだ。

「午前まではボランティアということだし、この子たちの相手もお願いできるかな？」

「はい、もちろんです。それじゃあ、お兄ちゃんと遊ぼうか」

「やったぁ！」

保育士さんに頷いた後、腰をかがめて女の子に向き直ると、女の子は両手をバンザイして喜んでくれた。

すると、エマちゃんやクレアちゃんのところであぶれた子供たちが、一斉に俺のほうへと来てしまう。

――それも、猛ダッシュでだ。

「ちょっ!?」

「ふふ、子供たちから随分《ずいぶん》と好かれてしまったようだね。子供から好かれる人は、素敵だと思うよ」

「あの、保育士さん!?　呑気《のんき》に笑ってないで、助けてくれませんか!?」

この後、俺は大量に襲い掛かってきた子供たちの手によって、押し倒されてしまうのだった。

――なお、この一件を見ていたエマちゃんが、ヤキモチを焼いて大暴れしてしまった、というのはここだけの話だ。

◆

「――ひ、酷《ひど》い目に遭《あ》った……」

午前のボランティアを終え、シャーロットさんと一緒に学校を目指していた俺は、既に疲労《ひろう》困憊《こんぱい》だった。

今までしてきたサッカーのどの練習よりも、きつかったかもしれない。

「青柳君、人気者でしたね」

「シャーロットさんこそ、子供たちから人気だったじゃないか」

シャーロットさんは、エマちゃんとクレアちゃんのフォローを保育士さんと一緒にやってくれていたのだが、途中から完全にシャーロットさん目当ての子たちが彼女を囲んでいた。

いたのだ。

俺は子供たちに押し倒されていたけれど、シャーロットさんは微笑《ほほえ》ましい光景を作り上げて

俺も、そっちのほうがよかった。

「でも、青柳君は……保育士さんにも、人気でしたね……？」

「えっ？」

なんだか声のトーンが数段落ちた気がし、俺は驚いてシャーロットさんの顔を見つめる。

「デレデレしてました……」

挙句《あげく》、頬《ほお》を小さく膨《ふく》らませ、ジト目を向けてきた。

あれ、なんか怒ってる……？

「デ、デレデレなんて、してないよ……？」

「そうでしょうか……。保育士さんたち、皆さん美人さんでしたからね？」

「えっと……」

なんで!?

なんで俺、今責められてるんだ……!?

「び、美人とかは、関係ないと思うなぁ……？　ほ、ほら、子供たちの相手で精一杯で、そんなこと気にする暇がなかったというか……」

俺は思わぬ冤罪《えんざい》に、冷や汗をかいてしまう。

「そ、それよりも、エマちゃんたち、今後馴染《なじ》めそうでよかったね……！」

このままではまずい。

そう思った俺は、即行彼女が喰いつく話題に逃げた。

「そうですね……正直、ホッとしています……」

狙い通り――というと、変な誤解を受けそうだけど、シャーロットさんはエマちゃんの話題に乗ってくれた。

俺は内心胸を撫《な》でおろしつつ、笑顔をシャーロットさんに向ける。

「みんな、いい子そうでよかったよ」

保育士さんたちもいい人だったし――という言葉は、口に出す前になんとか呑《の》みこんだ。

それを言ってしまうと、話題を逸《そ》らした意味がなさそうだったから。

「それもありますが……やはり今回のことは、青柳君のおかげです」

シャーロットさんは足を止め、まっすぐとした瞳で俺の目を見つめてきた。

だから、俺も足を止めて彼女の目を見つめる。

「エマちゃんが頑張ってくれて、シャーロットさんや保育士さんが頑張ってくれたおかげだよ。俺の手柄じゃない」

「あなたは、どうしても自分の手柄にしないんですね……」

「シャーロットさん……？」

普段とは違う雰囲気《ふんいき》に、俺は首を傾《かし》げる。

シャーロットさんは、風で靡《なび》く自身の髪を左手で押さえながら、ソッと目を伏せた。

「私、お父さんを喪《うしな》っているんです。エマがまだお母さんのお腹の中にいた頃なので、四年以上前の話になりますが」

「…………」

どうして、父親の話が出てきたんだろう？

という疑問はあるけれど、彼女がわざわざ話すということは、俺に聞いてほしいのだ。

シャーロットさんにとって辛《つら》い記憶ということは、彼女の様子でわかる。

それでも話してくれようとしているのだから、聞かないわけにはいかない。

「雨が強く、視界の悪い日でした。もうすぐ妹ができる――昔から弟か妹がほしかった私は、意気揚々《いきようよう》とお父さんと一緒に、入院しているお母さんに会いに行っていたんです。その、向かっている最中……」

シャーロットさんは、そこで言葉を切ってしまう。

辛そうにギュッと目を閉じ、体を震わせていた。

俺は止めようかと思ったけれど、聡明な彼女のことだ。

こうなるとわかっていて、俺に話そうとしてくれているのだろう。

ここで俺がするべきなのは、彼女を信じて彼女の言葉を待つことだ。

「信号が緑――日本では、青といいますね。青信号になってすぐ、私は早くお母さんに会いたくて、よく確認をせずに渡ってしまったんです。直後――信号無視の車が、交差点に突っ込んできました。私は恐怖から身が固まってしまい、動くことができなかったのです」

そこまで聞き、俺はその後に起きたことが想像できた。

シャーロットさんは目から涙を流し、そのことを口にする。

「動けなかった私を――後ろにいたお父さんが、突き飛ばしてくれたんです……。そのおかげで、私は車に轢《ひ》かれませんでした。その代わりに……お父さんが、その車に轢かれてしまったんです……。もし、あの時……私が、もっとよく見てから渡っていれば……私が、恐怖で動けなくならなければ……私が、どんくさくなければ……お父さんは、亡くなることはなかったのです。お父さんが亡くなったのは、私のせいでした」

自身の胸元をギュッと手で掴《つか》み、シャーロットさんは後悔《こうかい》にまみれた表情を浮かべてしまう。

彼女は、何を言いたいんだろう？

どうして、こんな話をしたんだ？

俺は、それればかりを考える。

彼女の意図を理解し、これ以上彼女が思い出したくない記憶を、思い出そうとしないように。

しかし、これだけではわからなかった。

「シャーロットさんのせいじゃないよ。悪いのは、信号無視をした車だ」

結局、俺はそんな当たり障《さわ》りのない正論しか言えなかった。

彼女は慰めてほしいわけじゃない――とわかっているのに。

「私のせいなんです……。私が、もっとしっかりしていれば……」

やはり、彼女に俺の言葉は届かない。

人を死なせてしまったことに、自分も関わってしまっている。

そうなった場合、たとえ自分に非がなくても、割り切れるものではないのだ。

俺は下手《へた》なことを言わずに、彼女の話の続きを聞くことにした。

「お父さんが亡くなって……その報せを受けたお母さんは、酷く取り乱してしまいました……。そして、体調も崩し……お腹の中にいたエマは、一時期命が危なかったんです……」

シャーロットさんが、自分を犠牲《ぎせい》にしてまでエマちゃんに優しい理由は、これだったのか。

彼女は、エマちゃんに対する罪悪感を抱き続けていたんだ。

「そして、エマが助かった時……私は、お母さんに約束したんです。お父さんの代わりに、家事も、エマの面倒も、私が頑張ると。私の家は、お母さんがお仕事をしていて、お父さんが専業主夫だったんです。だから、私は……お父さんの代わりに、エマを守る、と……」

だから彼女は、左耳にピアスを付けているのか。

海外ではピアスをするのは一般的だけど、彼女は左耳にしか付けていない。

最初はそういうものかと思っていたけれど、ピアスを付ける位置にも、ちゃんと意味があるといわれている。

片方だけピアスを付ける場合、男なら左耳、女なら右耳に付けるのが、日本でも一般的だ。

それは、守る側か、守られる側かを表している。

昔、彰がやけに将来自分も左耳に付けるんだ、と熱弁していたことがあり、気になって調べてみたのだが、元々は中世ヨーロッパでそういうふうに付けられていたらしい。

今のイギリスにそのままの意味で伝わっているかどうかはわからないが、日本の漫画やアニメが大好きな彼女なら、こちらの文化に影響されていても不思議はない。

「シャーロットさんは、今までちゃんとエマちゃんを守り続けていたじゃないか。しっかりと面倒を見ていたし、家事も頑張っている。きっと、お母さんもわかってくれるよ」

ここまで話を聞いていて、彼女はお母さんに恨まれている、ということを引きずっているのではないかと思った。

だから、俺はフォローしたのだけど……。

「いいえ……結局、私は何もできませんでした……」

シャーロットさんは、自分のことに納得がいっていないようだった。

「何言ってるの？　俺はここずっと見ていたからわかるけど、シャーロットさんはちゃんとできてるよ。家事はもちろん、エマちゃんのことも甘やかすだけでなく、駄目なことはきちんと叱《しか》ってあげているじゃないか」

「私ができていたことは……お母さん、なんです……。お父さんには、なれませんでした……」

確かに言われてみれば、今あげたのはどちらかというと、お母さんの領分だ。

だけど、そんなのにこだわる必要はなく、彼女はしっかりとやれていた、でいいのではないのか……?

元々シャーロットさんの家では、お父さんがされていたようだし……。

「青柳君と出会ってから、エマを守ったのは……私ではなく、青柳君なんです。私では、無理でした……」

「シャーロット、さん……」

彼女が何を言いたいのか、俺にはまだわからない。

だけど、彼女の力のない笑顔を見ると、胸が締め付けられるように苦しかった。

「ごめんなさい、青柳君。そんな表情をさせたくて、この話をしたわけではないんです。ただ……私がエマのことをどう思っているのか、どうしたかったのかを、あなたに知ってほしかったんです」

シャーロットさんは自己完結したのか――それとも、言葉通り今までの話は、ただの説明でしかなかったのか。

その答えは彼女にしかわからないが、涙をハンカチで拭《ぬぐ》って俺の目を見てきたシャーロットさんの表情は、どこか晴れたような顔だった。

「青柳君は、エマのことがお好きですか？」

「えっ……？　そ、それは、うん。かわいいから、大好きだよ」

「そうですか……」

俺が戸惑いながらも素直に答えると、シャーロットさんは安堵《あんど》したように胸を撫で下ろした。

再度俺の目を見つめてきた彼女は、顔を赤くしてどこかソワソワしながら口を開く。

「それでは、私の我《わ》が儘《まま》を聞いて頂けませんか？」

「我が儘？　もちろん、シャーロットさんの我が儘なら、喜んで聞くよ」

俺は、彼女の雰囲気に呑まれながらも、笑顔で頷《うなず》く。

それにより、彼女は俺の両手をギュッと握ってきた。

「シャ、シャーロットさん!?」

いきなり手を握られ、俺は戸惑わずにいられなかった。

見れば、シャーロットさんの瞳は潤っており、何かを期待するような上目遣いで俺の顔を見ていた。

「私には、お母さんとしての役目しか、できません……。でも、エマには……お父さんが、必要だと思うんです……！」

「う、うん、そうかも、ね……？」

あ、あれ？

この流れって……？

「青柳君……！　もしご迷惑でなければ、私と一緒に、エマの子育てをしてください……！

あの子の、お父さんになってほしいです……！」

顔を真っ赤にして、潤んだ瞳でそう頼んできたシャーロットさん。

これは、告白、なのか……？

それとも、ただエマちゃんのお父さん代わりになってほしい、だけ……？

俺はそう疑問に思わずにはいられなかったが、ここで聞いて全て勘違いでした、で終わるのが怖く、何も聞けずに頷くしかできなかった。

ただ、シャーロットさんは――目に涙を溜めながら、大喜びしてくれていたので……多分、勘違いではないと思う。

――こうして、高校生なのになぜかお父さん役になってしまった俺。

正直、これから先待ち受けている未来が全くわからない。

だけど――。

「改めまして、これからよろしくお願い致します、青柳君……！」

目の前で笑っているこの子だけは、泣かせないように頑張ろうと思うのだった。

あとがき

まず初めに、『お隣遊び』二巻をお手に取って頂き、ありがとうございます。

担当編集者さん、緑川《みどりかわ》先生をはじめとした、書籍化する際に携《たずさ》わって頂いた皆様、今作もご助力頂き本当にありがとうございます。

WEB版読者の方はお気付きになられていると思いますが、今回も我《わ》が儘《まま》を言って大幅改稿をさせて頂きました。

それが可能になったのは、担当編集者さんが我が儘を聞いてくださったおかげです。

本当に、ありがとうございます。

緑川先生、一巻の時と同じくとても素晴らしいイラストを描いて頂き、ありがとうございました。

『お隣遊び』が多くの読者から支持して頂けているのは、緑川先生の描かれるエマちゃんやシャーロットさんをはじめとした、魅力溢《あふ》れるキャライラストのおかげだと思います。

ネコクロの中では、緑川先生は神絵師です。

本当に、いつも素敵なイラストをありがとうございます。

さて、一巻同様ここからは今作の話に入りたいと思うのですが、今作はシャーロットさんと明人《あきひと》の距離が近付いた上で、お互いが抱えている闇の部分に触れる内容となりました。

お互いの抱えているものを知ることで、更に理解を深め合った二人の今後を、是非《ぜひ》楽しみにして頂ければと思います。

現在シャーロットさんは、明人に依存をし始めています。

……まぁ、エマちゃんは、明人にがっつり依存をしているのですけどね。

そんな状態で、明人が抱えているものを更に知った時、シャーロットさんはどうするのか。

シャーロットさんと明人は、ここからどんな関係になっていくのか。

甘々いちゃいちゃ生活だけでなく、そういうところも見て頂けたら嬉しいな、と思います。

そして、今作で新登場した、東雲《しののめ》さんと清水《しみず》さん、それにクレアちゃん。

東雲さんと清水さんは重要キャラなので、今後も物語に大きく関わっていきます。

二人が今後どのような形でこの物語に関わっていくのかも、注目して頂けますと幸いです。

ちなみに、この二人はシャーロットさんやエマちゃん同様、ネコクロの好きな要素を詰め込んでいるキャラとなります。

ですから、皆様にも気に入って頂けていましたら、とても嬉しいです。

また、クレアちゃんに関しては、今後もエマちゃんの相方として癒《いや》しポジションで頑張ってもらいたいですね。

幼女二人がもたらす癒し満載のやりとりも、今後書けたらいいな、と思っています。

――とまぁ、先の話に関しても色々と考えていて、正直数巻先分くらいは頭の中で既に思い描いていますので、三巻も出せたらいいなぁ、と思います。

目標は、『お隣遊び』でアニメ化、ですね！

実現できたら歓喜で踊りだしてしまうかもしれません。

……いや、まぁさすがに、踊ったりなんてしませんけどね。

ただ、アニメ化は作家として夢ですし、夢と目標に向けて今後も頑張っていきたいと思います。

一巻発売後、多くの方がお友達に布教をしてくださっており、著者としてとても嬉しかったです。

お友達にオススメしたい、と思って頂けるほどの作品を書けたことは、作家として一つの自信になりました。

今後も皆様に楽しんで頂ける作品を作っていきますので、是非気に入って頂けた際は、お友達にもオススメして頂けますと幸いです。

話は変わるのですけど、ネコクロがＳＮＳで仲良くさせて頂いてる作家さんが、一つの伝説を作ったように、自分も『お隣遊び』で伝説を作りたいものですね。

そんな夢も抱きながら、今後も頑張っていこうと思います。

『お隣遊び』を読んで、作家になりたいと思った方が一人でも出てくだされば、それもとても嬉しいことですね。

かくいうネコクロも、とある作品を読んで小説を書き始め、とある作品にハマったことでガッツリと小説を書くようになりました。

そのとある作品に関しては、ＳＮＳなどでよくネコクロが口にしているので知っている方も多いと思いますが、そんなふうに読者に影響を与える作品を作りたいです。

……ＳＮＳだと、結構ふざけて最近ではネタ作家と思われるようになったネコクロですが、きっとあとがきでは他作家さんに比べてまじめなはず……！

なぜなら、ふざけかたがわからないから……！

――ということで、今後もあとがきはまじめなことばかり書いていこうと思います。（笑）

再度になりますが、『お隣遊び』二巻をお手に取って頂き、ありがとうございました！

三巻でも皆様にお会いできることを祈っております！

この作品の感想をお寄せください。

あて先　〒101-8050　東京都千代田区一ツ橋2-5-10
集英社　ダッシュエックス文庫編集部　気付
ネコクロ先生　緑川 葉先生

【第2回集英社WEB小説大賞・銀賞】

～東京魔王～
モンスターが溢れる世界になり目醒めた能力【モンスターマスター】を使い最強のモンスター軍団を育成したら魔王と呼ばれ人類の敵にされたんだが

鎌原や裕
イラスト／片桐

【第9回集英社ライトノベル新人賞・審査員特別賞】

冴えない男子高校生にモテ期がやってきた
～今日はじめて、僕は恋に落ちました～

常世田健人
イラスト／フライ

【第1回集英社WEB小説大賞・大賞】

社畜ですが、種族進化して最強へと至ります

力水
イラスト／かる

【第1回集英社WEB小説大賞・大賞】

『ショップ』スキルさえあれば、ダンジョン化した世界でも楽勝だ
～迫害された少年の最強ざまぁライフ～

十本スイ
イラスト／夜ノみつき

スキルを覚醒させた人間がモンスターと互角に戦う世界。脅威の育成能力でモンスターを進化させる力に目覚めた青年が人類を救う!?

人生3回のモテ期がお知らせされる世界。モテ期の到来を待ちきれない高校生の公也が、モテ研究に励み憧れの青春目指して大奮闘!

自他ともに認める社畜が家の庭にできたダンジョンで淡々と冒険をこなしていくうちに、気づけば最強への階段をのぼっていた…!?

日用品から可愛い使い魔、非現実的なアイテムも『ショップ』スキルがあれば思い通り!最強で自由きままな、冒険が始まる!!

ダッシュエックス文庫

迷子になっていた幼女を助けたら、お隣に住む美少女留学生が家に遊びに来るようになった件について2

ネコクロ

2022年7月27日　第1刷発行
2024年7月29日　第3刷発行

★定価はカバーに表示してあります

発行者　瓶子吉久
発行所　株式会社　集英社
〒101−8050　東京都千代田区一ツ橋2−5−10
03（3230）6229（編集）
03（3230）6393（販売／書店専用）03（3230）6080（読者係）
印刷所　TOPPAN株式会社
編集協力　梶原　亨

ISBN978-4-08-631477-0 C0193